KB248437

임영기 新무협 판타지 소설
FANTASTIC ORIENTAL HEROES

대사부 2

임영기 新무협 판타지 소설

초판 1쇄 찍은 날 § 2009년 12월 22일
초판 1쇄 펴낸 날 § 2009년 12월 30일

지은이 § 임영기
펴낸이 § 서경석

편집장 § 문혜영
편집 § 주소영

펴낸곳 § 도서출판 청어람
등록번호 § 제1081-1-89호
등록일자 § 1999. 5. 31
어람번호 § 제2-1860호

주소 § 경기도 부천시 원미구 심곡2동 163-2 서경B/D 3F (우) 420-822
전화 § 032-656-4452 팩스 § 032-656-4453
http://www.chungeoram.com
E-mail § eoram99@chollian.net

ⓒ 임영기, 2009

ISBN 978-89-251-2033-1 04810
ISBN 978-89-251-2031-7 (세트)

대사부

FANTASTIC ORIENTAL HEROES

임영기 新무협 판타지 소설

② 장도(長途)

도서출판 청어람

目次

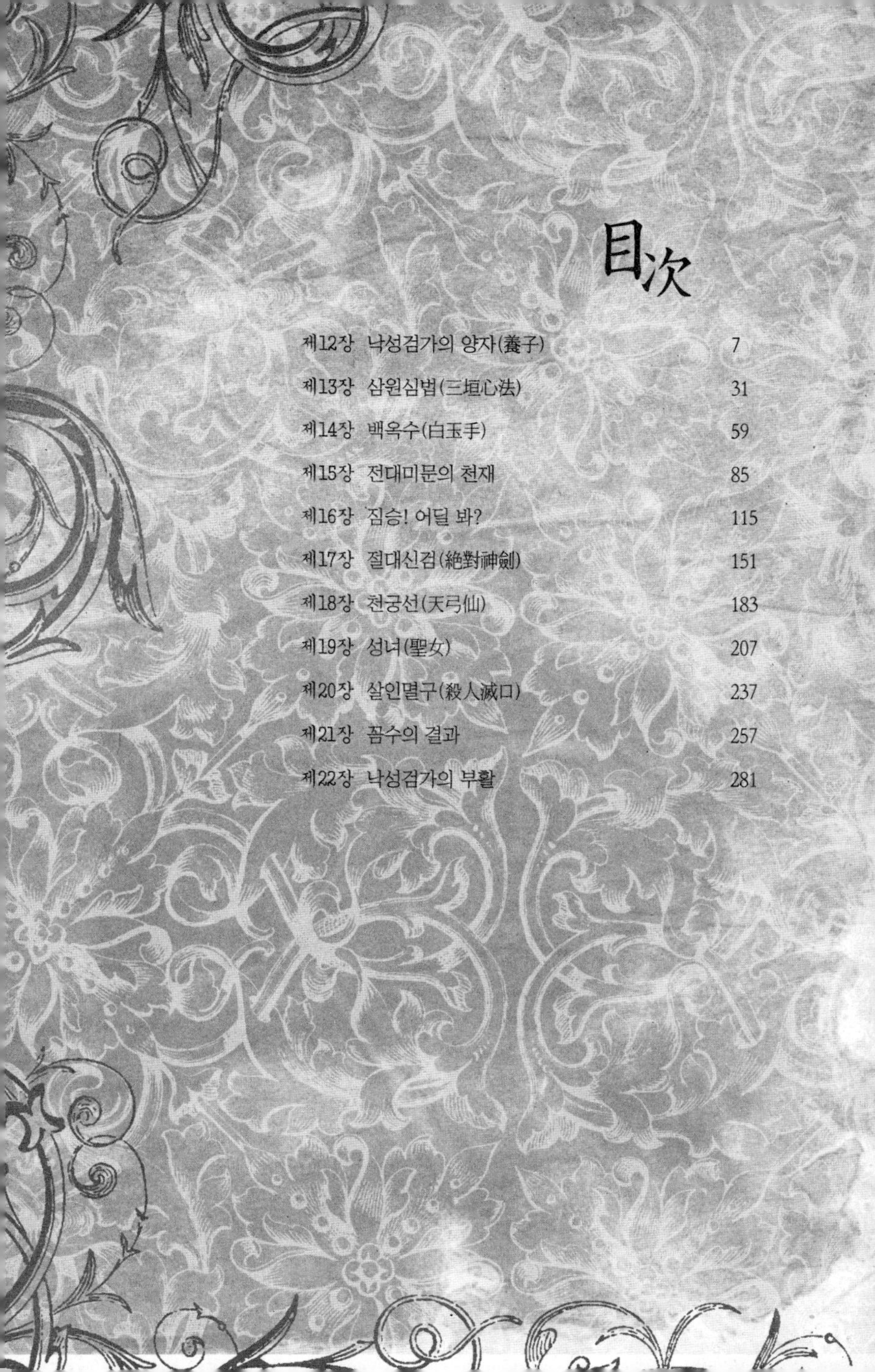

第十二章
남성검가의 양자(養子)

大
郡
夫

대사부

유석(劉晳)은 누이동생 유정을 기개세의 술자리에 들여보
내 놓고 나서 마음이 뒤숭숭하여 그 길로 곧장 연공실에 틀어
박혀 동이 틀 때까지 나오지 않았다.

무공 연마를 하면서도 계속 기개세가 했던 말 하나가 그의
머릿속을 떠나지 않았다.

'젖퉁이' 라는 말이다.

유석은 광화현 기루에서 기개세가 기녀의 젖가슴을 거리
낌없이 만지는 것을 직접 눈으로 목격했다.

그런 파렴치한에게 소중한 누이동생을 들여보냈으니 어찌
마음이 편하겠는가.

과연 기개세가 유정을 어떻게 했을까. 젖퉁이, 아니, 가슴을 만졌을까, 아니면 만지려다가 유정에게 실컷 얻어터지지는 않았을까. 별별 생각이 머리에서 떠나지 않았다.

유석은 기개세의 무공 실력이 어느 정도인지 모른다. 하지만 그의 나이나 가벼운 행동으로 미루어봤을 때 대단한 수준인 것 같지는 않았다.

반면에 유석이 알고 있는 누이동생 유정의 실력은 그 나이 또래에 비해서 탁월한 수준이었다.

작년, 그러니까 십오 세 때에 이미 비연검이라는 별호를 얻었으며, 광화현 일대에서는 제법 명성을 얻고 있어서 그녀가 거리에 나서면 방귀깨나 뀐다는 자들도 함부로 건드리지 못할 정도다.

그렇게 봤을 때 아무래도 기개세는 유정의 젖가슴을 만지지 못했을 공산이 크다.

오히려 서툰 짓을 하다가 박살 났을 가능성이 높다. 유석이 유정에게 절대복종하라고 신신당부했으나 순순히 들을 누이동생이 아니다.

어떤 상황이 벌어졌을지 궁금하기 짝이 없었으나 유석은 기개세와 유정이 있는 방에는 얼씬도 하지 않았다. 남의 방을 염탐하는 것은 명문가의 자손이 할 짓이 아니라는 한 가지 이유 때문이었다.

밤새 이런저런 생각으로 무공 연마를 하는 둥 마는 둥, 잠을 자는 둥 마는 둥 하던 유석은 동이 트자마자 곧장 기개세의 방으로 달려갔다.

그리고 그는 눈이 번쩍 뜨일 만큼 해괴한 광경을 목격하고 말았다.

방 안은 그야말로 난장판이었다.

여러 명이 방 안에서 드잡이를 한 것처럼 어디 한 군데 멀쩡한 곳이 없었다.

탁자와 침상은 박살이 나서 나뒹굴어 있고, 벽에 서 있어야 할 서가도 쓰러졌으며, 수백 권의 책자가 찢어진 채 어지럽게 흩어진 상태다.

그뿐이 아니다. 요리 그릇은 모두 깨졌으며 방 안 곳곳에 음식과 국물이 흩어져서 돼지우리를 방불케 했다.

그러나 그보다 더 가관인 것은, 방 한쪽 구석에서 기개세와 유정이 한 덩이가 되어 서로 부둥켜안은 채 잠들어 있는 광경이었다.

두 사람 다 새우처럼 몸을 잔뜩 웅크린 채 옆으로 누웠는데, 유정이 구석 쪽을 향해, 그리고 그 뒤에 기개세가 찰싹 달라붙어 그녀를 꼭 끌어안고 있는 광경이었다.

그런데 두 사람의 몰골이 실로 가관이 아니다. 입고 있는 옷이 갈가리 찢어져서 누더기로 변했으며, 온몸과 머리카락에는 온통 음식찌꺼기가 들러붙어 말라 있는 모습이다. 시궁창에서 굴렀어도 그보다는 나았을 듯하다.

방에 들어선 유석은 그 광경을 보고는 하도 기가 차서 잠시 동안 아무 생각도 들지 않았다.

실내를 대충 둘러본 그의 시선이 마지막으로 기개세와 유정에게 향했다.

기개세의 커다란 체구에 가려서 유정의 모습은 제대로 보이지 않았다.

다만 기개세가 그녀를 뒤에서 꼭 안은 채 자고 있는 듯한 광경이었다.

자고 있는 두 사람을 바라보는 유석은 비로소 안도의 표정을 지었다.

밤새 두 사람이 무슨 난리굿을 벌였는지는 모르지만 다정하게 자고 있는 모습을 보니 결과가 좋았던 모양이라고 짐작한 것이다.

사실 지난밤에는 유석이 생각하는 것보다 몇 배나 더 험한 상황과 우여곡절이 이 방 안에서 벌어졌다.

검법을 모르는 기개세는 권각술 북두뇌격을 발휘하며 유정에게 달려들었다.

유정은 낙성검가의 흥망을 쥐고 있는 기개세를 죽여서는 안 된다는 사실 때문에 검을 집어던지고 자신도 권각술로만 상대를 해주었다.

두 사람의 공력은 삼십 년으로 비슷한 수준이지만, 싸움은 지금껏 착실하게 무공 연마를 해오고 또 싸움 경험이 많은 유정이 절대적으로 우세했다.

처음에는 기개세가 일방적으로 두들겨 맞았다. 반 시진이 넘도록 유정의 옷자락조차 건드리지 못한 채 소나기처럼 쏟아지는 주먹과 발길질에 온몸을 내맡길 수밖에 없었다.

그러나 기개세는 유정에게는 없는 것을 갖고 있었다. 맷집과 집념, 그리고 교활함이다.

쟁쟁한 명성의 벽검문 소문주 손진에게 얻어터지고서도 끝까지 혼절하지 않았던 기개세이거늘 하물며 유정에게 버티지 못하겠는가.

때리다가 기진맥진한 유정을 이번에는 기개세가 두들겨 패기 시작했다.

그렇지만 유정은 맞는 동안에 금세 기력을 회복했기 때문에 기개세는 그다지 오래 그녀를 때릴 수가 없었다.

유정이 반 시진 동안 때리다가 기력이 탈진하면, 그때부터는 기개세가 불과 반 각 남짓 그녀를 두들겨 팼다.

두 사람은 밤새도록 그 과정을 다람쥐 쳇바퀴 돌듯이 되풀이했다.

얻어맞지 않으려고 좁은 방 안에서 이리 뛰고 저리 뛰면서 죽어라 도망치고, 한 대라도 더 때리려고 기를 쓰고 쫓아다니기를 반복했다.

그런데 이상한 것이 사람의 인연이고 또 관계인가 보다. 두 사람은 서로 죽일 듯이 때리고 맞는 과정에서 또 상당히 친해졌다.

그래서 동이 트기 직전에 두 사람은 그만 싸우자고 극적으로 합의에 도달했고, 직후 그 자리에 쓰러져서 혼절하듯 깊은 잠에 빠지고 만 것이다.

그런 복잡한 사연을 알 길 없는 유석은 결과만 보고 두 사람이 잘된 것이라고 추측했다.

하지만 그로서도 평소 깔끔하고 빈틈이 없는 누이동생의 이런 모습은 다소 충격적이었다.

유석은 빙그레 미소 지으면서 방을 나와 문을 닫았다. 두 사람이 좀 더 자기를 원한 것이다.

탁!

그러나 방문 닫히는 소리에 유정이 잠에서 깼다.

'이놈이 또!'

그리고 그녀가 제일 먼저 느낀 것은 기개세가 뒤에서 자신을 꼭 끌어안은 채 상의 속으로 젖가슴을 만지고 있다는 사실이었다.

"죽어라, 이놈!"

퍽!

"꽤액!"

곤히 잠자고 있다가 관자놀이에 주먹을 한 대 얻어맞은 기개세는 돼지 멱따는 비명을 질렀다.

방을 나와서 복도를 조금 걸어가던 유석은 느닷없이 방에서 터져 나온 외침과 비명 소리에 놀라서 급히 방으로 달려가 방문을 왈칵 열어젖혔다.

그의 눈앞에는 조금 전까지만 해도 정답게 끌어안고 자던 기개세와 유정은 온데간데없고, 그 대신 눈 뜨고는 차마 볼 수 없는 일대 가관이 벌어지고 있었다.

기개세는 등을 바닥에 대고 누운 자세인데, 유정이 그의 배에 올라앉아서 두 주먹으로 미친 듯이 그의 얼굴과 상체를 두들겨 패고 있었으며, 기개세는 두 손으로 그녀의 머리카락을 잡고 쥐어뜯으면서 이빨로는 어깨를 물어뜯고 있었다.

"얍! 이얍! 이놈 자식! 손모가지를 아예 분질러 버릴 거야! 죽어랏! 죽어!"

"이년아! 그거 좀 만진다고 어디가 닳아서 없어지냐? 버릇을 고쳐 주마!"

기개세는 이마에서 송알송알 땀을 흘리면서 쉴 새 없이 발가락을 꼼지락거렸다.

부친 앞에서도 무릎을 꿇어본 적이 없는 그가 지금 한 시진째 무릎을 꿇은 채 꼼짝도 못하고 있는 중이다.

그의 옆에는 유정이 역시 무릎을 꿇고 있다. 그러나 기개세와는 달리 상체를 꼿꼿하게 세운 채 냉정한 표정으로 꼼짝도 하지 않고 있다.

이것은 참을성의 문제가 아니다. 기개세는 참을성이 대단하지만 무릎을 꿇고 장시간 있어본 적이 없기 때문에 하체가 다 마비되어 감각이 사라진 지 오래다.

두 사람 앞에는 유정의 모친, 즉 낙성검가의 안주인 하여상(河黎祥)이 의자에 꼿꼿한 자세로 앉아 있으며, 그 뒤쪽 침상에는 낙성검가주 낙성일협(落星一俠) 유당환(劉唐煥)이 누워 있었다.

천방지축인 기개세가 꼼짝하지 못하고 있는 이유는 자신의 뒤에 우뚝 서 있는 유석 때문이었다.

아니, 정확히 말하자면 그가 어깨에 메고 있는 굵직한 대나무 때문이다.

모친 하여상이 가볍게 고개를 끄덕이기만 하면 유석이 가차없이 유정의 어깨에 대나무 내려치기를 한 시진 동안 반복하고 있었던 것이다.

유석은 유정만 때릴 뿐 기개세는 한 대도 때리지 않았다. 물론 그것은 모친 하여상의 명령이다.

매는 유정 혼자 맞고 있으나 기개세는 자신이 매를 맞는 것보다 더 착잡한 심정이었다.

그리고 그는 이상하리만치 엄숙한 지금의 분위기에 적잖이 압도되어 발작을 못하고 있다.

"정아, 왜 싸웠느냐?"

하여상은 벌써 십여 차례나 같은 질문을 반복하고 있다.

그런데도 유정은 입을 굳게 다문 채 침묵으로 일관하고 있어서 그때마다 어깨에 매를 맞았다.

기개세는 유정이 매를 맞는 것을 원하지 않는다. 그러나 싸움의 이유가 자신이 유정의 젖가슴을 만지려고 한 것 때문이라고 솔직하게 말할 수 없는 처지다.

그가 제아무리 천방지축이라고 해도 다 큰 소녀의 젖가슴을 만지는 것이 좋지 않은 짓이라는 것쯤은 알고 있다.

그는 그런 이유가 있다지만 유정이 입을 다문 채 매를 맞고 있는 이유를 기개세는 이해할 수가 없었다.

그녀는 단순히 피해자니까 구태여 대답하지 못할 이유가 없는 것이다.

그런데도 입을 다물고 있어서 기개세는 그녀를 힐끗거리면서 표정을 살피기에 여념이 없다.

여태까지 그랬던 것처럼, 이번에도 대답을 하지 않자 유석은 하여상이 곧 고개를 끄덕일 것이라 여기고 어깨에 걸쳐 메고 있던 대나무를 들어 올려 때릴 자세를 취했다.

그런데 하여상이 씁쓸한 얼굴로 손을 저었다.

"됐다. 그만 해라."

그녀는 고집스러운 성격이 아니다. 오히려 현명하고 인내심이 많은 성정을 지녔다.

주화입마로 쓰러져 병석에 누운 남편을 정성으로 간호하면서 몰락해 가는 낙성검가를 지금껏 지켜온 것만 봐도 잘 알 수 있다.

하여상은 유정이 대답을 하지 않는 데에는 반드시 그럴 만한 이유가 있을 것이라고 생각했다.

이럴 때 계속 강압적으로 대하면 오히려 역효과를 볼 수가 있다는 사실을 그녀는 잘 알고 있다.

두 사람이 싸웠다는 것은 유석이 고자질한 것이 아니다. 고자질은커녕 두 사람에게 아무것도 묻지 않고 씻고 옷을 갈아입도록 배려를 해주었다.

유석이 아무 말도 하지 않았는데도 하여상은 기개세와 유정이 싸웠다는 사실을 한눈에 알아냈다.

왜냐하면 두 사람 얼굴이 상처와 멍투성이였기 때문이다.

기개세는 바늘을 꽂을 틈이 없을 정도로 얼굴 가득 상처와 멍이었고, 유정은 왼쪽 눈이 시커멓게 멍들고 부어서 완전히 감겼으며, 입이 찢어지고 턱이 퉁퉁 부어서 입 안에 음식을 가득 물고 있는 듯한 모습이다.

그래서 하여상이 두 사람을 나란히 앉혀놓고 왜 싸웠느냐고 캐묻기 시작했던 것이다.

하여상은 자세를 가다듬고 똑바로 기개세를 주시하며 진지한 표정으로 입을 열었다.

"상공, 결심이 섰나요?"

그녀가 무슨 말을 하는지 알아들은 기개세는 유정을 힐끗 쳐다보았다.

지금까지는 매를 맞는 유정이 안됐다는 생각을 하고 있었으나, 하여상의 질문을 받는 순간 그런 마음은 씻은 듯이 사라지고 대신 유정에게 복수하고 싶은 마음이 생긴 것이다.

순간 유정의 눈빛이 가볍게 흔들렸다. 자신 때문에 기개세가 낙성검가의 양자(養子)가 되는 것을 거절할지도 모른다는 생각이 든 것이다.

아니, 당연히 거절할 것이다. 기개세가 한 대 때릴 때 그녀는 수십 대를 때려서 사람 모습이 아니라 복날에 흠씬 두들겨 맞은 개꼴을 만들어놨는데도 이 집에 들어오겠다고 한다면 그건 정신 나간 놈이 분명하다.

그래서 유정은 이제야 비로소 정신이 번쩍 들어 겁이 난 것이다.

만약 자신 때문에 기개세가 양자가 되는 것을 포기하겠다고 한다면, 은자 십만 냥은 물 건너가 버리고, 모처럼, 아니, 평생 단 한 번 있을지도 모를 낙성검가의 재기의 기회는 물거품이 돼버릴 것이다.

더구나 지금 그녀를 쳐다보는 기개세의 눈에는 살벌한 독기가 짙게 배어 있지 않은가.

일이 이 지경에 처하게 되니 냉정한 유정도 크게 당황하여 앞뒤를 잴 여유가 없었다.

그래서 슬쩍 기개세의 시선을 외면하면서 빠른 어조로 전음입밀을 보냈다.

[본 가의 성명무공을 배운 후에 나하고 정식으로 싸워서 이기면 만지게 해줄게.]

지금으로선 기개세를 잡아둘 방법이 그것뿐이라고 생각한 것이다.

기개세는 예기치 않은 전음에 가볍게 놀랐다.

사실 그가 방금 전에 유정을 독한 눈빛으로 쏘아본 것은 어떻게 하면 그녀에게 얻어맞은 것을 복수할 수 있을까를 궁리하는 중이었기 때문이다.

그래서 나가라고 등을 떠민다고 해도 유정에게 복수를 하기 전에는 절대 나가지 않을 생각이었다.

그런데 유정이 느닷없이 요상한 제안을 한 것이다. 기개세로서는 마다할 이유가 없다.

그녀가 무슨 말을 하는 것인지 다 알아듣고서도 그는 은근히 장난기가 발동하여 짐짓 눈을 약간 크게 떠 보이면서 무슨 말이냐는 듯한 표정을 지었다.

전음을 해놓고 기개세의 반응이 궁금했던 유정은 슬며시 돌아보다가 그가 눈을 약간 크게 뜨고 빤히 쳐다보고 있는 것을 발견하고 깜짝 놀랐다.

그녀는 급히 하여상의 눈치를 살폈다. 하여상은 기개세에게 결심이 섰느냐고 묻고 나서는 그를 쳐다보고 있다가 딸과 눈이 마주쳤다.

하여상은 기개세와 유정의 행동을 보고 두 사람이 무슨 꿍

꿍이가 있는 것이라고 짐작했으나 내색하지 않았다. 그러나 둘이 싸운 일과 연관이 있을 것이라는 생각은 들었다.

그런데도 기개세는 여전히 그 표정 그대로 유정을 빤히 쳐다볼 뿐 요지부동이다.

결국 속이 타들어가는 유정은 입술을 달싹이는 것을 하여상에게 들키지 않으려고 가볍게 고개를 숙이며 기개세에게 전음을 보냈다.

[나하고 싸워서 이기면 가… 가슴 만지게 해줄게.]

그리고는 이제 됐겠지 싶어서 쳐다보자 기개세가 이번에는 조금 다른 표정을 짓고 있었다. 그 표정은 '얼마나?'라고 묻는 것 같았다.

하여상과 유석은 자세한 것은 모르지만 기개세와 유정이 무언가 거래를 하고 있다고 추측했다.

기개세의 후안무치한 행동 때문에 유정은 당황해서 제정신이 아니었다.

그래서 빨리 이 상황을 끝내야겠다는 생각에 빠르고 짧게 전음을 보냈다.

[시… 실컷.]

그게 끝이 아니다. 기개세의 눈이 조금 더 커졌다. 이번에는 '약속 지켜야 돼?'라는 뜻이다.

성질 같아서는 저 징글맞은 얼굴을 주먹으로 한 대 갈겨서 묵사발을 만들어주고 싶지만, 지금의 상황에서 유정이 할 수 있는 일은 급히 전음을 보내는 것뿐이었다.

[내 목을 건다.]

그리고 유정은 기개세의 입가에 회심의 미소가 피어오르는 것을 보고 마음이 납덩이처럼 무거워졌다.

그러나 그녀는 곧 한 가지 사실을 깨달았다. 기개세와 밤새도록 싸워본 결과 그의 무공이라는 것이 형편없는 수준이라는 것을 알게 되었다.

그러므로 유정은 그와 백 번 싸운다고 해도 백 번 다 이길 자신이 있었다.

그가 낙성검가의 성명무공을 배운다고 해도 겁날 것이 없다.

그가 무공 수련을 하는 동안 유정은 놀고만 있겠는가. 오히려 그보다 몇 배나 더 열심히 수련을 할 것이므로 절대로 패하지 않을 자신이 있었다.

이윽고 기개세는 하여상을 향해 똑바로 앉아 상체를 곧게 펴고 입을 열었다.

"낙성검가의 양자가 되겠습니다."

그러자 하여상과 유석, 유정의 표정이 갑자기 변했다. 하여상은 근엄하게, 유석은 가슴이 뭉클하는 것 같았고, 유정은 착잡한 표정을 지었다.

하여상은 잠시 눈을 감았다가 뜨고는 일어서면서 근엄하게 입을 열었다.

"일어나세요."

하여상이 기개세와 유석, 유정 남매를 인도한 곳은 낙성검가 선조들의 위패가 모셔져 있는 영실(靈室)이다.

영단(靈壇)에는 낙성검가를 처음 개파한 시조(始祖)부터 현 낙성검가주의 부친 대에 이르기까지 이십오 대에 이르는 이십오 개 위패가 차례로 모셔져 있었다.

낙성검가의 다른 곳들은 황폐했으나 이곳만은 정갈하고 먼지 하나 찾아볼 수 없을 만큼 깨끗했다.

그로 미루어 하여상과 유석, 유정 남매가 선조들을 얼마나 자랑스러워하는지, 그리고 정성껏 모시는지 어렵지 않게 짐작할 수 있을 듯했다.

기개세는 단지 낙성검가를 이용하여 대정숙에 들어가고, 또 반드시 유정을 이기고 말겠다는 호승심에서 양자가 되겠다는 결심, 아니, 장난스러운 생각을 한 것일 뿐이다.

그런데 하여상이나 유석, 유정 남매가 지나칠 정도로 진지한 모습이라서 기개세는 거북함을 느꼈다.

하여상은 촛불을 켜고 향을 피운 후 유석, 유정 남매와 나란히 영단에 두 번 절을 했다.

이후 하여상은 무릎을 꿇고 영단을 우러르며 엄숙한 표정으로 아뢰었다.

"이십육대 가주 유당환이 아들을 맞이하게 되었음을 가주를 대신하여 처 하여상이 선조님들께 아룁니다.”

이어서 기개세에게 향을 피우게 하고는 영단에 절을 하라고 지시했다.

“선조님들의 위패에 절하고 낙성검가 유가의 아들이 되겠다고 고하세요.”

기개세는 분위기가 점점 엄숙해지는 것이 어색했다. 사도구련 총련에서는 엄숙하거나 진지함, 예의범절 같은 것을 찾아볼 수가 없었다.

총련주부터 맨 밑바닥 말단 수하까지 그저 최소한의 예의만 차리면서 내키는 대로 행동하는 것이 보통이다.

그러므로 이런 상황이 익숙하지 않은 기개세는 어색하고 답답해서 빨리 이 자리에서 벗어나고 싶었다.

그래도 양자가 되는 절차를 무시할 수는 없기에 빠른 동작으로 두 차례 후다닥 절하고 역시 빠른 어조로 고했다.

“나 기개세는 오늘부터 낙성검가 유가의 양자가 됨을 고합니다. 이상.”

“다시 정성을 다해서 고하세요. 그리고 ‘나’ 가 아니라 소손(小孫)이라고 하세요.”

기개세가 벌떡 일어나려는데 하여상의 조용한 목소리가 뒷덜미를 지그시 눌렀다.

기개세는 좀이 쑤셔서 죽을 지경이었으나 꾹 참으면서 다시 두 번째로 고했다.

“다시 하세요.”

하여상이 다시 지시했다. 그녀의 목소리와 표정은 화가 난 것 같지 않았다.

표정은 담담했고 목소리는 차분했다. 표정이나 말로 그녀의 내심을 알아내는 것은 불가능할 것 같았다.

마음이 급한데다 원래 예의범절 같은 것을 모르는 기개세는 연속적으로 퇴짜를 맞다가 여덟 번째 절을 하고서야 간신히 합격을 받았다.

하여상은 일어나려는 기개세를 제지하고 앞에 마주 보고 무릎을 꿇었다.

“몇 살인가요?”

“열일곱.”

“그렇다면 이십이 세인 석이가 형이고, 십육 세인 정아는 누이동생이 되겠군요.”

이어서 하여상의 목소리가 조금 더 엄숙해졌다.

“지금부터 상공의 이름을 유영(劉英)이라고 부르겠어요.”

기개세는 묵묵히 고개를 끄덕였다.

“영아, 대답을 하거라.”

갑자기 하여상의 목소리가 근엄해지면서 반말을 했다.

기개세가 어리둥절한 얼굴로 쳐다보자 하여상은 어머니가 아들에게 하듯 조용한 어조로 꾸짖었다.

“이제부터 너는 내 아들이니 집에서 어머니에게 하듯 나를 대해야 하느니라.”

기개세는 알아들었다는 듯 고개를 까딱거렸다.

“알았어, 엄마.”

“그래도!”

기개세는 엄한 표정을 짓고 있는 하여상을 멀뚱거리며 쳐다보았다.

“집에서 엄마한테 하는 것처럼 하라면서? 나, 엄마한테 그렇게 해.”

하여상의 얼굴에 어이없는 표정이, 유석은 빙그레 미소를, 유정은 얼굴을 찌푸렸다.

하여상은 어제 기개세가 이곳에 온 이후부터의 행동거지를 가만히 되짚어서 생각하다가 그의 가정교육이 형편없다는 것과 그래서 처음부터 하나씩 새로 엄하게 가르쳐야겠다는 결론을 내렸다.

“오늘부터 내게는 예의범절을, 석이에겐 본 가의 성명무공을 배우도록 해라.”

발이 저리기 시작한 기개세는 책상다리로 고쳐 앉으면서 또 고개를 끄덕였다.

“똑바로 앉아서 대답을 못할까!”

그러자 곧바로 하여상의 불호령이 떨어졌다.

“이런 젠장! 정말 못해먹겠군.”

참고 참았던 기개세는 급기야 벌떡 일어나며 분통을 터뜨리고 말았다.

"안 해! 낙성검가 아니더라도 무슨 수를 써서라도 대정숙에 들어가면 될 것 아냐!"

그러나 하여상은 미동도 하지 않고 차분하게 말했다.

"앉아라."

"싫어!"

척!

그때 뒤에 서 있던 유석이 두 손으로 기개세의 양 어깨를 잡아 번쩍 들어 올렸다.

"어? 이거 못 놔?"

기개세가 발버둥을 쳐보지만 유석의 억센 힘 앞에서는 옴짝달싹도 할 수가 없었다.

"야! 이 자식아! 당장 놓지 않으면 죽을 줄 알아! 너, 내가 누군지 알고 이러는 거야?"

유석이 힘으로 하여상 앞에 앉히는데도 기개세는 바락바락 악을 써댔다.

"아아……."

그러나 기개세는 다시 일어나려다가 죽어가는 표정을 지으면서 신음을 흘렸다.

유석이 뒤에 서서 손가락으로 기개세의 뒷목 아래 부위를 가볍게 누르고 있을 뿐인데 움직이려고 하자 온몸이 조각나는 것처럼 고통스러웠다.

그러나 가만히 있으면 조금도 아프지 않았고, 일어나려고 조금만 힘을 주면 고통이 엄습했다.

결국 그래서 옴짝달싹하지 못하고 앉아 있을 수밖에 도리가 없었다.

기개세의 예기치 못한 발작에 놀랐을 법도 한데 하여상의 표정은 변함없이 차분했다.

"영아, 너는 이미 본 가의 양자가 되었으므로 본 가의 규율에 따라야 한다."

그녀는 불알에 대해서는 언급하지 않았다. 그것이 아니더라도 기개세를 충분히 다룰 수 있다고 판단한 듯했다.

"영아, 너의 본 가가 무엇을 하는 곳인지는 모르겠지만 명문세가가 아닌 것만은 분명한 듯하구나. 그렇다면 절대 대정숙에 입교할 수 없단다."

"우리 집도 명문이에요!"

기개세는 배알이 꼴린다는 듯한 얼굴로 지지 않고 의기양양하게 외쳤다.

"그래? 그렇다면 어떤 가문인지 말해보아라."

"우린 사……."

대답하다가 기개세는 말끝을 흐렸다. 사도의 사람들이 외부인에게 자신의 신분에 대해서 발설하지 않는 것은 불문율 같은 것이다.

그것은 누가 가르쳐 주지 않았어도 어릴 때부터 골수에 밴

습성 같은 것이다.

"사, 무엇이냐?"

기개세는 들리지 않는 신음을 속으로 삼키며 고개를 숙였다.

"아무것도 아닙니다."

사도에서 최고로 꼽는 명문가는 당연히 사도구련이고, 그중에서도 총련은 최고 중에서도 최고다. 그러나 그것은 어디까지나 사도에 국한된 얘기다.

"빌어먹을! 노친네가 망령이지, 하필 대정숙이란 곳에 가라고 난리야."

기개세가 분풀이하듯 투덜거리자 하여상이 타일렀다.

"영아, 그런 천박한 말투는 사용하지 마라."

그것이 기개세의 불편한 심기에 부채질을 했다.

"우라질! 내가 내 입 갖고 말하는데 무슨 상관입니까?"

그가 한술 더 떠서 아예 배 째라는 식으로 떠들자 하여상은 조용히 말했다.

"내일 아침까지 면벽(面壁)이다."

경고도 없이 곧장 징계가 떨어졌다.

"면벽? 누구 마음대로?"

번쩍!

"어엇! 이거 놔!"

유석이 기개세의 양쪽 겨드랑이에 손을 집어넣어 가볍게

들어 올리더니 밖으로 성큼성큼 걸어나갔다.

기개세가 몸부림치며 소리를 질렀으나 유석의 수중에서 빠져나가는 것은 불가능했다.

그리고 그는 끌려 나가면서 유정이 팔짱을 끼고 희미한 미소를 짓고 있는 것을 발견하고 와락 인상을 썼다.

'저 도토리만 한 계집애가!'

第十三章

삼원심법(三垣心法)

　이것은 구화산에서 절곡에 떨어졌을 때 온몸의 뼈가 부러졌던 것이나, 독물들에게 물렸다가 고생한 일, 그리고 천신동에서 만년혈천수를 마셨다가 극렬한 고통에 휩싸였던 것하고는 다른 차원의 고통이다.

　무릎을 꿇고 앉은 채 한나절이 넘도록 꼼짝도 하지 못하는 것은 고통이라기보다는 고문이었다.

　유석이 기개세의 허리와 양쪽 골반, 양쪽 허벅지 부위 다섯 군데 혈도를 찌르고 나서부터 기개세는 옴짝달싹도 하지 못하고 있는 중이다.

　아니, 정확히 말하자면 가슴 윗부분은 자유로운데 가슴 아래로는 전혀 움직일 수가 없었다.

허리라도 움직일 수 있다면 몸을 자빠뜨려서 두 손으로 기면서 어떻게 해보기라도 하겠건만, 가슴 윗부분과 어깨, 두 팔, 그리고 얼굴만 움직일 수 있는 상태에서는 아무것도 할 수가 없었다.

엉덩이 아래로는 이미 감각이 사라진 지 오래다. 그런데도 어찌 된 일인지 몹시 저리다는 것과 허리가 끊어져 버릴 듯한 통증은 고스란히 느껴졌다.

그렇지만 통증보다 더 참을 수 없는 것은 움직일 수 없다는 미칠 듯한 갑갑함이었다.

그는 이렇게 오랫동안 타의에 의해서 몸이 구속되어 움직이지 못한 것은 지금이 처음이다.

자유분방한, 그리고 천방지축인 성격인 그에게는 이것이 그 어떤 것보다 심한 형벌이었다.

기개세는 마혈과 아혈을 자유자재로 사용할 수 있지만 가슴 아래로만 움직이지 못하게 하는 수법이 있다는 말은 들어본 적이 없었다.

그는 자신이 낙성검가의 독특한 점혈수법(點穴手法)에 제압됐다는 사실과 유석이 풀어주기 전에는 죽어서도 자유로워질 수 없다는 사실을 한나절 동안의 고문 같은 고통과 부질없는 몸부림을 그만둔 후에야 깨달았다.

"으드득! 빌어먹을 개자식!"

기개세는 기진맥진하여 이를 부드득 갈며 유석을 욕했다.

보통 사람들은 이런 상황에서 여러 차례 감정의 변화를 일으키게 마련이다.

처음에는 분노하다가 그다음에는 절망하고 마지막으로는 온순해진다.

그럴 수밖에 없다. 결국 인간 대부분은 자신보다 강자 앞에서는 자연히 꼬랑지를 내리는 법이다.

하지만 기개세는 그런 대부분의 인간에 속하지 않는 극소수의 인간이다.

꼬랑지를 내리고 온순해지는 대신에 그는 늘 그랬듯이 지독한 독기를 품었다.

"걸리기만 해라, 유석. 자근자근 씹어 먹을 테니까."

우뚝!

실내로 들어서던 유석이 그 말을 듣고 걸음을 멈추었다.

이곳은 낙성검가 내의 연공관으로 사용하고 있는 전각의 지하 석실이다.

예전에 낙성검가가 번성했던 시절에는 폐관을 하거나 무학의 오의(奧義)를 깨우치려는 문하 제자들로 이곳 이십 개의 석실이 언제나 가득 찼었다.

하지만 몰락하여 형극동타(荊棘銅駝)의 폐허가 돼버린 지금은 돈 때문에 어쩔 수 없이 양자로 받아들인 망나니를 벌주는 장소로 전락하고 말았다.

유석은 폭 일 장 남짓한 석실의 석벽 앞에 무릎이 꿇려 있는 기개세의 뒷모습을 묵묵히 응시하면서 씁쓸한 표정을 떠올렸다.

유석은 기개세를 마중하러 나갔다가 처음 보는 순간부터 지금까지도 그가 전혀 마음에 들지 않았다.

그러나 유석은 현실을 외면하지 않는다. 현실은 알몸으로 북풍한설을 맞이하는 것처럼 지극히 냉엄하다.

은자 십만 냥이 있으면 밀린 빚을 모두 갚을 수 있으며, 더 이상 굶주리지 않아도 되고, 낙성검가를 일으키는 최소한의 발판을 마련할 수도 있다.

그러기 위해서는 무슨 일이 있어도 기개세를 대정숙에 입교시켜야만 한다. 거기까지가 낙성검가가 해야 할 일이다.

그 후에는 기개세가 대정숙에서 쫓겨나든 무슨 사고를 치든 터럭만큼도 낙성검가하고는 상관이 없다.

대정숙에 입교할 수 있는 첫 번째 자격은 반드시 정파여야만 하고 또한 대정숙이 인정하는 명문세가의 자손이어야 한다는 것이다.

하지만 그게 다가 아니다. 그것은 여러 자격 중에서 첫 번째이며 가장 큰 것일 뿐이다.

두 번째 자격은 남녀 공히 이십오 세 미만이어야 한다는 것이고, 세 번째는 자파의 성명무공에 정통해야 한다는 것, 그리고 네 번째이자 마지막은 대정숙에서 내놓은 시험에 합격해야 한다는 것이다.

네 개의 자격이 어느 것 하나 중요하지 않은 것이 없으며, 하나라도 갖춰지지 않으면 대정숙에는 입교할 수 없다.

현재 기개세는 낙성검가의 양자가 되었고, 십칠 세이므로 첫 번째와 두 번째 자격은 갖춰진 셈이다.

그렇지만 세 번째와 네 번째 자격을 갖추기 위해서는 기개세에게 낙성검가의 성명무공과 예의범절, 최소한의 학문을 가르쳐야만 한다.

그런데 가르침은 시작도 하기 전에 벌써부터 심하게 삐걱거리고 있다.

대정숙에 입교할 자격이 아니라, 낙성검가의 성명무공 등을 배울 자격조차 갖추지 못한 상태다.

불한당 같은 기개세를 번듯한 재목으로 탈바꿈시키는 것이 유석과 유정, 하여상의 당면 과제다.

그것이 예전에 불쑥 낙성검가에 찾아와서 은자 십만 냥짜리 거래를 내놓은 인물과의 약속이었다.

그렇지만 유석은 이 거래를 대충 할 생각이 추호도 없다. 대충 해서 해결될 일도 아니지만, 그렇게 하는 것은 그와 모친 하여상의 성미에도 맞지 않는다.

이왕 할 바에는 제대로 한다. 거칠고 무례한 놈이지만 기개세에게도 애정을 갖고 성심껏 가르칠 생각이다. 그러려면 처음부터 기를 꺾어놔야만 한다.

　사실 유석은 기개세의 혈도를 풀어주라는 모친의 명을 받고 이곳에 왔다.

　하지만 그는 방금 전 기개세의 악에 받친 저주를 듣고는 좀 더 놔두기로 생각을 바꾸었다.

　그가 주시하고 있는 동안에도 기개세는 두 번 더 유석에 대한 저주와 복수를 다짐하면서 입에서 침을 튀겼다.

　유석은 그대로 몸을 돌려 석실을 나오며 내심 다짐했다.

　'기필코 너를 꺾어놓고 말겠다.'

　반 시진 후에 유정이 살짝 지하 석실로 내려왔다. 기개세가 어떻게 하고 있는지 궁금했기 때문이다.

　유정은 추호의 기척도 없이 석실로 들어가 기개세에게 접근한 후 조심스럽게 그의 얼굴을 쳐다보았다.

　'혼절했잖아?'

　유정은 눈을 감은 채 얼굴에서, 아니, 온몸에서 비 오듯이 흘린 땀 때문에 옷이 다 젖어버린 기개세를 발견하고 가볍게 놀라는 표정을 지었다.

　유석은 기개세가 반성만 하면 즉시 면벽에서 해방시켜 줄 것이라고 말했다.

　그런데 기개세는 반성은커녕 유석에게 온갖 저주를 퍼붓고 복수심만 불태우고 있다는 것이다.

　'독종이로군. 하지만 그것 갖고는 어머니와 오라버니, 특

히 나를 어떻게 하지는 못해.'

유정은 허리를 펴고 돌아서려다가 기개세의 어깨에 메어 있는 헝겊에 싼 물건에 시선이 멈추었다.

이어서 가만히 그것을 위로 뽑아 들었다. 손에 잡힌 감촉에 의하면 짐작했던 대로 검이 분명했다.

"범상치 않은 검이로구나."

탁자에 놓인 천신검의 검실을 손가락으로 천천히 쓰다듬으면서 하여상이 진지한 얼굴로 중얼거렸다.

그녀는 비단 진지할 뿐만 아니라 천신검에게 흠뻑 매료된 듯한 표정이다.

하여상은 남편인 낙성일협 유당환보다는 못하지만 유석과 유정의 합공을 삼십 초 이내에 제압할 수 있을 정도의 실력을 지닌 일류고수다.

게다가 진귀한 물건을 알아보는 안목이 남달리 깊어서 예전에 낙성검가가 번성했을 적에는 여러 종류의 고가의 물건들을 사들여 애장품으로 삼기도 했다.

하지만 가문이 몰락하기 시작하자 그 물건들을 하나둘씩 되팔아서 생계를 꾸릴 수밖에 없었다.

천신검에서 눈을 떼지 않고 살피던 그녀의 시선이 문득 검파에 양각된 '천신'이라는 두 글자에 멈추었다.

"천신? 그렇다면 천신검이로군. 과연 좋은 검에 어울리는 좋은 이름이다.”

“그런 이름을 들어본 적이 있으신가요?”

모친의 양쪽에서 흥미로운 얼굴로 지켜보고 있던 유석과 유정 중에 유정이 물었다.

하여상은 고개를 가로저었다.

“처음 듣는 검명이구나.”

그러나 아주 오랜 옛날, 이 검은 천하 무림을 거의 천 년 동안이나 굳건하게 지켜온 수호신 같은 문파의 지존이 사용했던 천하의 명검이다.

이 검에 의해서 목숨을 잃은 자들은 하찮은 사마외도 따위가 아니었다.

하나같이 무림의 평화와 안녕을 위협하는 전설적인, 그리고 광세 무공을 지닌 거물 중에서도 거물들만 이 검에 피를 적실 만한 자격이 있었다.

그러나 천여 년 동안 주인과 함께 맹활약했던 이 검은 삼백여 년 전에 홀연히 무림에서 자취를 감추었다.

또한 이 검이 천여 년 동안 천하를 종횡무진하면서 활약했을 때에는 천신검이 아닌 다른 이름으로 불렸다.

물론 하여상은 그 이름을 알고 있다. 아니, 그녀뿐만 아니라 유석과 유정도 알고 있다.

무림 사상 가장 위대했던 대협객들의 애검(愛劍) 이름을 무림인이라면 모르는 사람이 없을 것이다.

하여상이 살피기를 잠시 멈추자 유석이 천신검을 집어들
어 조심스럽게 뽑기 시작했다.

"그런데 정아, 너는 이 검을 어디에서 갖고 왔느냐?"

"그놈이 갖고 있었어요."

하여상이 생각난 듯 묻자 유정은 점점 뽑히고 있는 천신검
에 정신이 팔려서 시선을 고정시킨 채 건성으로 대답했다.

"그만!"

순간 안색이 변한 하여상이 불쑥 손을 뻗어 유석이 천신검
을 뽑는 것을 제지했다.

천신검은 검실에서 한 뼘쯤 뽑힌 채 멈추었다.

"그놈이란 누굴 가리키는 것이냐?"

하여상의 공명정대함과 완고함을 잘 알고 있는 유정은 자
신이 실언한 사실을 깨닫고 찔끔했다.

"기개세… 아니, 유영이에요."

하여상의 불호령이 즉시 떨어졌다.

"오라비의 이름을 멋대로 부르는 것이냐?"

"둘째 오라버니… 이가(二哥)예요."

비연검이라는 별호는 광화현 일대에서는 제법 알려졌으나
엄한 모친 앞에서는 기를 펴지 못했다.

"둘째가 이 검을 네게 내주었느냐?"

하여상이 탁자의 천신검을 가리키자 유정은 몸둘 바를 몰
라 하며 고개가 더 숙여졌다.

“혼절한 이가에게서 제가 마음대로 가져왔어요.”

“혼절을 해?”

어떻게 된 것이냐는 듯 하여상이 쳐다보자 유석이 공손히 대답했다.

“제가 면벽 시간을 늘렸습니다.”

하여상은 유석을 전적으로 신뢰하기 때문에 그가 그랬다면 마땅한 이유가 있을 것이라고 생각하여 더 이상 뭐라고 하지 않았다.

다시 불똥은 유정에게 돌아왔다. 하여상의 표정과 목소리는 변함없이 차분하지만 말의 내용은 그렇지 않았다.

“주인에게 허락을 받지 않고 이 검을 가지고 왔다면 도둑질을 한 것이다.”

결국 유석은 기개세를 굴복시키지 못하고 그를 면벽에서 풀어줄 수밖에 없었다.

기개세가 면벽을 하고 있는 동안, 아니, 유석에 의해서 면벽 시간이 늘어난 시간 동안 그는 마음이 편치 않아서 줄곧 면벽실을 들락거렸다.

하루 열두 시진 중에서 여덟 시진째 면벽을 하고 있을 때 유석은 기개세의 혈도를 풀어주어야만 했다.

기개세가 무릎을 꿇고 꼿꼿하게 상체를 편 자세에서 고개를 깊이 숙인 채 혼절에서 세 시진 이상 깨어나지 못하고 있었기 때문이다.

　그렇더라도 만약 기개세에게 나쁜 감정이 있었다면 그대로 내버려 두었을 것이다.

　그러나 그를 면벽시킨 목적은 반성과 깨달음을 얻으라는 것이지 그를 미워하는 감정은 눈곱만큼도 없다.

　유석은 기개세의 혈도를 풀어주었을 뿐만 아니라 조심스럽게 안아다가 그의 거처로 정해진 방의 침상에 눕히고 이불까지 덮어주고 나서는 맥을 짚어 이상이 없음을 확인한 후에야 안심하고 한동안 침상 곁에 앉아 있다가 조용히 방에서 나갔다.

　사실 기개세는 그때 깨어 있었다. 혼절해 있다가 유석이 면벽실에서 그를 안을 때 깨어난 것이다.

　하지만 일부러 가만히 있었던 것이 아니라 극도로 지쳐 있는 상태라서 몸을 움직일 수도, 눈을 뜰 수도, 말을 할 수도 없었다.

　만약 그렇지 않았으면 기개세의 성미에 유석에게 무슨 수를 써서라도 해코지를 하거나 저주를 퍼부었을 것이다.

　유석이 혈도를 풀어주고 또 안아서 침상에 눕힌 후에 진맥까지 해줬는데도 기개세는 고마움을 느끼기는커녕 ‘이 자식이 무슨 꿍꿍이지?’ 라고 생각하며 오히려 상대의 속셈을 간파하려고 애썼다.

　사도인들이 공통적으로 지니고 있는 것은 ‘의리’ 하나뿐이다.

그것만 있으면 다 된다고 여기기 때문이다.

그렇기에 무림인들이 사도를 '의리로 똘똘 뭉친 집단'이라고 단정하는 것도 무리가 아니다.

그렇지만 인간이 지니고 있는 감정은 의리 하나만이 아니다. 설명할 수 있는 것만 수십 가지고, 설명할 수 없는 것까지 합치면 수백, 수천 가지는 될 것이다.

그런데도 사도인들은 신기하게도 '의리' 하나만 갖고도 똘똘 뭉쳐서 잘 먹고 잘살아가고 있다.

물론 골수까지 사도인인 기개세도 '의리' 이외의 감정에 대해서는 전혀 모른다.

인간은 다 똑같은 감정을 지니고 태어난다. 그 이후는 성장하는 환경에 따라서 그냥 잠재되어 있는 감정이 있는가 하면, 잘 발달되는 감정이 생기게 된다.

그렇게 보면, 기개세는 '의리' 이외의 감정은 전혀 발달되지 않은 것이다.

'개새끼… 기회가 생기면……'

속으로 유석을 욕하던 기개세는 누군가 방문을 열고 들어오는 기척에 생각을 멈추었다.

눈을 뜨려고 했으나 떠지지 않았다. 몸이 물을 흠뻑 먹은 솜처럼 천근만근 무거워서 만사가 귀찮은데도 희한하게 정신은 거울처럼 말짱했다.

들어선 사람은 일부러 기척을 감추려고 하지도 않고 곧장 침상으로 다가오더니 침상 가에 멈춰 섰다.

딸각.

그리고는 침상 옆에 어떤 물건을 내려놓는 가벼운 소리가 들리고는 잠시 침묵이 흘렀다.

기개세는 그 사람이 누구인지 즉시 알아차렸다. 그 사람에게서 냄새가 났기 때문이다.

그 사람에게서 그런 냄새가 난다는 사실을 지금 처음 알게 되었다.

그것은 엄마의 냄새다. 기개세의 엄마에게서도 비슷한 냄새가 났었다. 아마도 세상의 엄마들은 대부분 비슷한 냄새가 나는가 보다.

그렇다면 침상 가에 서 있는 사람은 필경 하여상일 것이다. 낙성검가에 엄마는 그녀뿐이니까.

하지만 그녀가 무엇 때문에 왔는지는 알 수가 없다. 그런 것은 냄새로 알 수 있는 것이 아니다.

사르락.

옷자락 부대끼는 소리와 함께 하여상이 침상 가에 걸터앉는 낌새가 느껴졌다.

"……!"

순간 기개세는 깜짝 놀랐다. 무엇인가 따스하지만 꺼칠꺼칠한 것이 이마에 닿은 것이다. 아니, 이마를 덮었다.

그것은 하여상의 손이었다. 기개세의 모친 한송연의 손은 따스하고도 솜처럼 보드라운데 하여상의 손바닥은 삼베처럼 거칠기 짝이 없다.

한송연은 목욕할 때 외에는 손에 물 한 방울 묻혀본 적이 없지만, 하여상은 온갖 허드렛일을 다 하기 때문이라는 것을 기개세는 알지 못했다.

어쨌든 '의리' 이외의 감정이라고는 조금도 발달하지 못한 기개세는 하여상이 왜 자신의 이마를 짚는 것인지도 알지 못했다.

슥.

하여상은 기개세의 이마에서 손을 거두어 이번에는 손목을 가볍게 잡았다.

'이 여자가 대체 왜 이러는……'

속으로 중얼거리던 기개세는 갑자기 자신의 손목을 통해서 한줄기 부드러운 기운이 강물처럼 흘러드는 것을 느끼고 적잖이 놀랐다.

그것이 하여상이 진기를 주입해 주고 있는 것이라는 사실을 기개세가 모를 리 없다.

하지만 그가 놀라는 이유는, 그녀가 무엇 때문에 이러느냐는 것이다.

기개세가 알고 있는 바로는 '진기 주입'은 지극히 친밀한 관계 내에서만 이루어진다.

　그런데 그와 하여상은 친밀하기는커녕 아무 관계도 아니지 않은가.

　하여상은 기개세에게 '유영'이라는 이름을 지어주면서 가족이 됐다고 말했으나 기개세 본인은 그런 것에 대해서는 추호도 신경을 쓰지 않았다. 그에게 낙성검가의 가족들은 여전히 남인 것이다.

　어쨌든 지금까지 누구에게 진기를 주입한 적도 받은 적도 없는 그는 지금과 같은 생경한 상황에 적잖이 당황했다.

　그때 그는 한줄기 산들바람이 온몸으로 스며들었다가 몸속의 더러운 것들을 깡그리 몰아서 빠져나가는 듯한 상쾌함을 맛보았다.

　난생처음 느끼는 기분이었으나 몹시 좋았다. 하루 종일 면벽을 하느라 파김치가 됐던 몸이 진기 주입 한 번으로 완전히 회복되었다. 아니, 그 이상의 몸 상태가 됐다.

　잠시 후에 하여상은 기개세의 손목에서 가만히 손을 뗐다. 그리고는 낮고 긴 한숨을 토해내고 나서 사분사분한 목소리로 말문을 열었다.

　"영아, 너는 우리와는 전혀 다른 환경에서 십칠 년 동안 살아왔다. 그러므로 이곳이 낯설어서 적응하기가 쉽지 않다는 것을 알고 있다."

　'이 여자, 무슨 잔소리야?

　기개세는 그녀의 갑작스런 말에 내심 투덜거렸으나 여태

껏 꼼짝도 하지 않고 있다가 갑자기 반응을 보이는 것도 이상
할 것 같아서 계속 꼼짝도 하지 않았다.

그러나 그가 깨어 있다는 사실을 하여상이 알고 있는 것 같
아서 편한 마음은 아니었다.

"그러나 이것 한 가지는 분명하게 알아야 한다. 너의 목적
은 대정숙에 입교하는 것이지 결코 이곳 낙성검가에 안주하
는 것이 아니라는 사실을 말이다. 그리고 나의 목적은 너를
대정숙에 무사히 입교시키는 것이다."

이어서 하여상은 대정숙에 입교할 수 있는 네 가지 자격 조
건에 대해서 설명을 했다.

"나와 석이, 그리고 정아는 네가 네 가지 자격 조건을 완벽
하게 갖출 수 있도록 전력을 다할 것이다. 네가 마음을 열고
따라와 준다면 좋은 결과가 있을 것으로 생각한다."

하여상은 마지막으로 한마디를 더 하고 일어섰다.

"우리와 너는 가족이지 적이 아니란다."

그녀가 방을 나가는 동안 기개세는 그녀가 한 말을 곰곰이
되새겨보았다.

그녀의 말은 다 옳다. 하나도 틀리지 않다.

기개세는 대정숙에 입교하기 위해서 필요한 네 가지 자격
조건에 대해서 처음 알게 되었다.

기개세의 목적은 대정숙에 입교하는 것이다. 아니, 수료하
는 것이다.

그런데 그는 대정숙에 입교도 하지 못하고 낙성검가에서 시일을 허비하고 있다.

원인은 낙성검가 사람들 때문이 아니라 기개세가 어깃장을 부리고 있기 때문이다.

그들 세 사람은 기개세에게 네 가지 자격 조건을 만들어주기 위해서 최선을 다할 것이라고 말했다.

'빌어먹을! 좋아! 그 조건이라는 것들을 다 갖출 때까지 배알이 꼴리더라도 참아보자!'

참지 않으면 대정숙 입교를 포기하고 사도구련 총련으로 되돌아가는 수밖에 없다. 하지만 그러기는 죽기보다 싫다.

그럴 줄 알았다고 한껏 비웃으면서 불알을 떼겠다고 난리를 칠 부친의 모습을 봐야만 하는 것이 무엇보다도 싫었다.

꼼짝도 하지 않고 있던 기개세가 눈도 뜨지 않은 채 처음으로 입술을 비틀며 뇌까렸다.

"우라질 할배, 뒈지려면 곱게 뒈지지 어째서 나더러 대정숙이라는 곳엘 가라는 유언 따월 남긴 거야?"

다음날부터 기개세는 될 수 있는 대로 얌전하게 배우려고 노력했다.

그렇다고 별다른 것은 없다. 그저 말을 최대한 아끼면서 입을 꾹 다물고 시키는 대로만 하면 되는 일이다.

처음에는 입이 간지럽고 좀이 쑤시는 것이 마치 면벽을 하고 있는 것과 비슷해서 견디기 어려웠다.

그런데 면벽과 다른 것이 있었다. 면벽은 생명이 없는 벽하고 마주 대하고 있기 때문에 침묵으로 일관하지만, 배운다는 것은 침묵하고 있는 것보다는 그래도 나은 편이다.

사실 기개세가 정식으로 무공과 예의범절을 배우는 것은 이번이 처음이다.

어렸을 때 부친에게 가문의 무공을 배우던 시절에는 여러 가지 문제들이 있어서 순탄하지가 않았다.

우선 부친은 사도에서는 최강자로 군림하는 실력자이지만 누굴 가르칠 만한 능력이 형편없이 모자라는 사람이었다.

제일 큰 원인은 그가 너무 무식하다는 사실이다. 그래서 무공의 구결을 제대로 설명하거나 표현하지도 못했으며, 그런 탓에 도저히 진도가 나가지 않았다.

부친은 부족한 학문을 자신이 공부를 해서 보충하려고 하기보다는 실기로 메우려고 부단히 노력했다. 아니, 차라리 발악을 했다.

그렇지만 무공이란 먼저 구결을 이해한 후에 실기를 연마하는 것이 순서다.

구결을 이해하지 못한 상태에서 실기만 배우면 절름발이 무공이 되고 만다.

그런데도 부친은 자신의 부족함을 인정하려 들지 않고 실기만 가르치려 들다가 툭하면 제대로 따라서 하지 못한다는 이유로 어린 기개세를 목검으로, 혹은 주먹으로 두들겨 패기 일쑤였다.

더구나 부친은 욕심이 과해서 기개세가 다섯 살 때부터 무공을 가르치기 시작했다.

어린아이를 살살 달래가면서, 그리고 흥미를 갖도록 재미있게 가르치지는 못할망정 걸핏하면 제 성질에 못 이겨서 고래고래 소리를 지르고 두들겨 팼으니, 어린 기개세가 무공에 흥미를 갖기는커녕 무공이라면 넌더리를 내게 만들었다.

그렇게 해서 장장 십여 년 동안 기개세가 배운 것이라곤 고작 가문의 심법인 등룡신해와 권각술인 북두뇌격뿐이다.

그 외의 잡술들은 필요에 따라서 주위 사람들에게 급조하듯 급히 배웠다.

그런데 유석은 기개세 부친과는 판이하게 낙성검가의 성명무공을 무척 체계적으로 가르치고 있다.

더구나 쉬운 말로 가르치기 때문에 하나도 놓치지 않고 기개세의 귀에 쏙쏙 들어왔다.

유석은 기개세가 이미 심법을 배웠다는 사실을 알았지만 낙성검가의 심법인 삼원심법(三垣心法)을 새로 가르쳤다.

삼원심법의 삼원(三垣)은 '세 개의 울타리'라는 뜻으로, 태미원(太微垣), 자미원(紫微垣), 천시원(天市垣)을 가리키고, 동서남북 각 방향에 칠수(七宿)씩 이십팔수(二十八宿)를 이루고 있다.

　이십팔수는 하늘의 황도(黃道)와 천구(天球)의 적도(赤道) 주변에 위치한 이십팔 개의 별자리를 말한다.

　하늘은 세 개의 담인 삼원과 이십팔 개의 영역으로 구분되고, 동서남북 사방신(四方神)이 일곱 개씩의 별자리를 주관한다.

　즉, 동방은 청룡(靑龍), 북방은 현무(玄武), 남방은 주작(朱雀), 서방은 백호(白虎)다.

　천공 이십팔수의 별자리를 인체의 수많은 혈맥 중에서 이십팔수와 상통하는 이십팔대혈맥(二十八大血脈)을 지정하여 운공조식을 하는 것이 바로 삼원심법의 요지이다.

　유석이 기개세에게 굳이 삼원심법을 가르치려고 하는 데에는 그럴 만한 이유가 있다.

　과거 낙성검가를 무림의 명문세가로 올려놓는 데 일등공신 역할을 한 성명검법인 사신검법(四神劍法)을 가장 잘 받쳐주는 심법이 삼원심법이기 때문이다.

　사신검법의 ‘사신’이 바로 삼원의 ‘사신방’이므로 사신검법과 삼원심법은 원래 하나라고 할 수 있다.

　이렇듯 낙성검가의 모든 무공은 삼원과 이십팔수에 그 기초를 두고 있었다.

　기개세에게 삼원심법을 가르치기 시작한 첫날에 유석은 적잖이 놀라고 말았다.

　삼원심법은 하늘의 이십팔수 별자리들이 매 시각마다 천

공을 운행하는 거리와 방향, 각도 등을 인체 이십팔 혈맥이
매 시각마다 운행하고 개폐(開閉)하는 것에 정확하게 대비(對
比)하여 만들어진 몹시 복잡한 구결로 이루어졌다.

물론 유석이 처음으로 구결을 가르치기 시작했을 때 기개
세는 삼원과 이십팔수가 무엇인지, 그리고 인체의 혈도에 대
해서도 문외한이나 다름이 없을 정도로 일자무식이었다. 그
래서 기초부터 차근차근 가르쳐야만 했다.

그런데 유석은 기개세에게 그런 기초적인 지식들을 단 한
차례밖에 설명할 필요가 없었다.

믿을 수 없게도 기개세가 한 번 듣고는 모두, 그리고 완전
히 외워 버렸기 때문이다.

그러나 놀라움은 거기에서 그치지 않았다. 유석이 본론으
로 들어가서 구결을 들려주자 그것마저도 단 한 번 듣고 깡그
리 외워 버린 것이다.

삼원심법을 십오 년 이상 수련한 유석조차도 워낙 구결이
길고 복잡하며 난해해서 책자를 보고 읽어주었다는 점을 감
안한다면, 기개세가 보여준 암기의 능력은 가히 경천동지할
수준이 아닐 수 없었다.

"해봐?"

유석의 놀라움이 미처 사라지지도 않았을 때, 기개세가 툭
던진 그 말이 더 크고 새로운 놀라움의 시작이었다.

"무… 엇을?"

유석의 목소리에는 긴장감이 가득했다.

"구결을 배웠으면 운공조식을 직접 해봐야 할 것 아냐. 내 말이 틀린 거야?"

유석이 심상치 않은 표정을 짓고 있는 것을 보면서 기개세는 자신이 못할 말을 했나 하는 표정을 지었다.

유석은 자신이 괜히 긴장했다는 생각에 실소를 흘렸다.

"영아, 구결을 외운 것만으로는 운공조식을 하지 못한다. 그다음에는 구결을 이해하는 순서가 남았어."

기개세는 의아한 표정으로 고개를 모로 꼬았다.

"이해? 삼원심법 말고 또 다른 구결이 있는 거야? 언제 말했지? 나는 듣지 못했는데?"

"아니, 삼원심법의 구결을 이해해야 한다는 말이야."

기개세는 무슨 소리냐는 표정을 지었다.

"그건 이미 이해했잖아."

"언제?"

"아까 네가……."

"형이."

"그래, 아까 형이 삼원심법의 구결을 읽어주었잖아."

유석은 팔짱을 꼈다.

"그것은 구결을 읽어준 것이지 이해시켜 준 것은 아니다."

기개세는 머리를 갸우뚱했다.

"외우는 것과 이해하는 것이 다르다는 거야?"

"그렇지."

유석은 기개세가 이제야 말귀를 알아들었다 싶어 삼원심
법의 책자를 펼쳤다.

"자, 그럼 이제부터 구결을 설명해 주겠다."

이어서 그는 처음부터 차근차근 되도록 쉽게 설명을 하기
시작했다.

"이봐, 형씨."

기개세는 눈살을 찌푸린 채 손가락으로 탁자를 달가닥달
가닥 두드리면서 유석을 불렀다.

"형씨가 아니고 형이다."

"형이 틀렸어."

"뭐가 틀렸다는 말이지?"

"외우는 것과 이해하는 것은 같은 거야."

유석은 기개세가 아직도 자신의 말을 이해하지 못했다는
생각에 고개를 가로저었다.

"아니야. 외우는 것과 이해하는 것은……."

그러다가 그는 퍼뜩 한 가지 생각이 떠올랐다. 말도 안 되
는 소리지만, 기개세가 자꾸 외우는 것과 이해하는 것이 같다
고 말하는 것이 신경 쓰였기 때문이다.

"혹시 너……."

그가 무슨 말을 할는지 짐작한 기개세는 고개를 끄덕였다.

"그래, 구결을 다 이해했어."

"설마……."

보통 사람들은 구결을 외운 다음에야 비로소 그것을 이해하기 시작한다.

아무리 쉬운 구결이라고 해도 최소한 며칠 동안은 외워야 하고, 또 그것을 이해하려면 그 며칠의 몇 배를 투자해야만 가능하다.

그런데 삼원심법은 평범한 심법이 아니다. 부친으로부터 총명하다고 인정을 받았던 유석조차도 보름이 걸려서야 구결을 외웠고, 이해를 하는 데에는 넉 달이나 걸렸다.

그런 것을 기개세는 단 한 번 듣고 외워 버렸다. 그것만으로도 경악스러운 일이거늘, 외우는 것과 동시에 이해했다고 말하는 것이 아닌가.

"말도 안 된다."

유석은 그렇게 중얼거리면서도 마음 한구석으로는 어쩌면 정말 그런 기적 같은 일이 벌어졌을지도 모른다는 생각이 조금 들었다.

"백문이 불여일견이야. 한번 운공조식 해볼게."

기개세는 자신이 알고 있는 몇 개 되지 않는 문자 중에 하나를 주워 읊으며 유석이 뭐라고 하기도 전에 바닥에 가부좌의 자세를 잡고 앉아서 눈을 감았다.

그렇다. 기개세의 말이 맞는지 틀리는지는 운공조식을 하는 것을 보면 알 수 있는 일이다.

유석이 긴장한 얼굴로 지켜보고 있는 가운데 기개세는 운공조식을 시작했다.

아니, 유석이 보는 바로는 운공조식을 하는 것인지 하는 체만 하는 것인지 아직 알 수가 없는 상태다.

일각이 지났을 때까지도 기개세는 계속 그 자세를 유지하며 깨어나지 않았다.

이윽고 유석은 천천히 그에게 다가가 앞에 무릎을 꿇고 앉아서 손을 뻗어 조심스럽게 그의 손목을 잡았다.

'이런, 맙소사! 정말 삼원심법으로 운공조식을 하고 있잖아!'

소스라치게 놀라서 하마터면 소리를 지를 뻔했다. 그랬다면 기개세는 주화입마에 빠졌을 것이다.

손목을 잡고 진기의 흐름을 살피면 지금 기개세가 어떤 상태인지 알 수 있다. 그런데 그는 정말로 삼원심법을 운공조식하고 있는 것이다.

'어떻게 이런 말도 안 되는 일이……'

유석은 정신이 멍해서 아무 생각도 들지 않았다. 단지 기개세가 사람으로 보이지 않는다는 생각뿐이다.

그로부터 기개세는 일각 동안 더 운공조식을 했으며, 유석은 경탄과 놀라움의 표정을 번갈아 지으면서 그에게서 시선을 떼지 못했다.

기개세의 운공조식이 끝나자 유석은 참고 참았던 궁금한

것을 물었다.

"영아, 어떻게 한 번 읽어준 것을 외우는 동시에 이해할 수가 있는 것이지?"

기개세는 대수롭지 않다는 듯한 얼굴로 대답했다.

"형이 가르쳐 줬잖아."

"내가 뭘?"

"하늘의 이십팔수 별자리들이 매 시각마다 천공을 운행하는 거리와 방향, 각도 등을 인체 이십팔 혈맥이 매 시각마다 운행하고 개폐(開閉)하는 것에 정확하게 대비(對比)하여 만들어진 것이 삼원심법이라고 구구절절이 설명했잖아."

"그랬었지."

그것은 기개세가 워낙 기초 지식이 없어서 삼원심법의 구결을 읽어주기 전에 가르쳐 준 것이다.

기개세는 일어나서 방을 나가며 태연하게 중얼거렸다.

"그 설명을 듣고 나서 구결을 들으니까 그냥 외워지고 이해되던데, 형 배울 때는 그러지 않았어?"

유석은 멍한 얼굴로 기개세가 방을 나가는 것을 지켜보다가 한참 만에 중얼거렸다.

"영아가 천재인지 아니면 내가 바보천치인지 모르겠군."

第十四章
백옥수(白玉手)

‘어째서 내단이 공력으로 바뀌지 않는 거지?’

기개세는 반나절 동안 꼼짝도 하지 않고 지하의 면벽실에서 운공조식을 하고 있는 중이다.

유석에게 삼원심법을 배운 지 오늘이 사흘째다. 그 말은 곧 삼원심법을 운공조식하기 시작한 지도 사흘째가 됐다는 뜻이기도 하다.

기개세는 오늘 아침에 문득 자신이 사부 독고성의 내단을 복용했다는 사실을 기억해 냈다. 그리고는 이상하다는 생각이 들었다.

사흘 동안 줄기차게 운공조식을 했으면 체내의 내단이 녹아서 자신의 공력과 합쳐져야 하는데 전혀 그럴 기미가 보이지 않는 것이다.

그가 알고 있는 얕은 상식으로는 내단이라는 것은 운공조식으로 녹여서 자신의 공력과 합치는 것이다.

그는 운공조식을 멈추고 가부좌로 앉은 채 곰곰이 생각에 잠겼다가 한 가지 결론에 도달했다.

'어쩌면 천궁신결(天窮神訣)을 익혀서 그것으로 운공조식을 해야지만 내단이 녹는 것인지도 모르겠군.'

독고성이 남긴 천검신문의 절학이 담긴 천신록이라는 책자의 심법이 천궁신결이다.

독고성은 필경 천궁신결로 공력을 축적했을 테니 내단을 녹이는 것 역시 천궁신결이지 않을까 하는 것이 기개세의 생각이다.

그는 잠시 갈등했다.

'천궁신결을 익힐까?'

하지만 삼원심법은 듣는 즉시 이해했으나 천궁신결은 도저히 그럴 자신이 없다.

천궁신결을 외울 때 본 견해로는, 삼원심법하고는 비교도할 수 없을 만큼 난해하다고 생각했기 때문이다.

더구나 삼원심법은 유석이 알기 쉽게 설명을 해주었으나천궁신결은 그래 줄 사람이 없다.

그렇다고 유석에게 도움을 청할 생각은 추호도 없다. 천신동에서의 일은 어느 누구에게도 비밀이기 때문이다.

'나중에 틈틈이 익히도록 하자.'

결국 그는 그렇게 결정했다. 지금은 내단을 녹이는 것보다 대정숙에 입교하는 것이 급선무이기 때문이다.

삐이꺽.

기개세는 전문으로 향하다가 막 전문을 열고 들어오는 하여상과 마주쳤다.

"어딜 가느냐?"

기개세는 뜻밖이라는 표정을 지었다. 하여상이 검고 낡은 상의와 바지를 입고 커다란 통나무를 등에 메고 있는 모습이었기 때문이다.

그녀의 그런 모습은 하녀보다도 못한 것이어서 기개세의 관심을 끌었다.

"뭐 하세요?"

"보면 모르느냐? 산에서 나무를 해오는 것이란다."

한여름이라고 해도 나무가 있어야 불을 지펴서 음식을 할 수가 있다.

"왜 당신이 나무를 해옵니까?"

"어머니."

"왜 어머니가 나무를 해옵니까?"

기개세의 말은 '새파랗게 젊은 자식들이 있는데 어째서 어머니가 나무를 해오느냐’는 뜻이다.

하여상은 기개세를 마주 보며 빙그레 온화한 미소를 지었다.

“석이와 정아는 할 일이 많으니 한가한 내가 나무를 해오는 것이란다.”

“그들이 무슨 할 일이 많습니까?”

“본 가를 일으키기 위해서는 학문과 무공 연마에 전념하여 실력을 배양해야 한다.”

“그들도 어머니가 이러는 걸 알고 있습니까?”

“그들이 누구냐?”

하여상은 뻔히 알면서도 물었다.

“형하고 정아 말입니다.”

“그 아이들도 알고 있다.”

기개세가 아무리 막돼먹은 놈이지만 어머니가 산에서 나무를 해오는 모습을 뻔히 보고만 있을 정도는 아니다.

“이리 주십시오.”

그는 하여상 앞으로 다가가 등을 내밀면서 몸을 굽혔다. 옳은 일을 하고 싶다거나, 그녀를 도우려는 마음이 생겨서가 아니라 순전히 속이 뒤틀려서 하는 행동이다.

기개세의 넓은 어깨와 등을 보면서 하여상은 뜻밖이라는 표정을 지었다. 그에게 이런 면이 있으리라고는 예상하지 못했기 때문이다.

그녀의 입가에 온화한 미소가 피어났다. 하지만 입에서 나온 말은 근엄했다.

"됐다. 나를 도울 시간이 있으면 하루속히 삼원심법이나 배우거라."

그녀는 유석의 예로 봤을 때 기개세가 삼원심법을 떼려면 최소한 넉 달에서 다섯 달은 걸릴 것이라고 예상했다.

탁!

"그까짓 것은 다 배웠으니까 이리 주기나 하세요."

그러자 기개세는 강제로 하여상의 등에서 통나무를 뺏어 자신의 등에 메고 휘적휘적 걸어갔다.

"어디에 둘까요?"

'그까짓 것은 다 배웠다고?'

유석에게서 기개세의 진도에 대해서 듣지 못한 하여상으로서는 그가 불과 나흘 만에 삼원심법을 터득했다고는 믿을 수가 없었다. 그래서 나직이 호통을 쳤다.

"영아, 당장 나무를 내려놓고 석이에게 가지 못하겠느냐?"

저만치 가던 기개세가 멈춰 서서 뒤돌아보았다.

"형한테 가서 뭐 하죠?"

"삼원심법을 배워라."

"아! 글쎄 그건……."

"당장 말을 들어라!"

하여상의 언성이 높아지자 기개세는 답답하다는 듯한 표

정을 짓더니 나무를 땅바닥에 내던지고는 성큼성큼 안으로
걸어 들어갔다.

하여상은 그가 전각 모퉁이로 사라지는 것을 보고 나서야
통나무를 메고 가던 길을 갔다.

잠시 후 전각 모퉁이로 기개세의 얼굴이 빼꼼히 나왔다. 그
는 눈을 이리저리 굴려 주위를 살피다가 아무도 없음을 확인
하고는 재빨리 전문 밖으로 달려갔다.

하여상이 기개세가 사라졌다는 사실을 안 것은 그로부터
한 시진이 지난 후였다.

점심 식사 준비를 마친 그녀는 기개세가 당연히 유석과 함
께 있으려니 여기고 부르러 왔다가 그의 부재를 알게 되었다.

그래서 유석을 꾸짖으려던 그녀는 아들에게서 청천벽력
같은 소식을 듣게 되었다.

"어머니, 영아는 천재입니다."

…라는 말로 입을 연 유석은 기개세가 어떻게 삼원심법을
반나절 만에 완벽하게 터득했는지를 자세히 설명했다.

그 시간에 기개세는 광화현 번화가의 어느 주루에서 혼자
술을 마시고 있는 중이었다.

그는 술을 매우 좋아하지만 중독됐을 정도는 아니다.

그저 낙성검가가 답답하고 유석이 삼원심법 다음 무공을

아직 가르쳐 주지 않고 있기에 바람이라도 쐴 겸 해서 나왔다가 문득 술 생각이 나서 한잔 걸치고 있는 것이다.

그런데 그는 지금 기분이 조금 언짢아 있는 상태다. 이유는 바로 옆 탁자에서 술을 처마시고 있는 세 명의 허여멀끔한 청년들 때문이다.

기개세가 처음에 이 주루에 들어왔을 때 세 청년은 이미 그 자리에서 술을 마시고 있었다.

기개세는 그들 근처에 앉기 싫었으나 자리가 그곳뿐이라서 어쩔 수가 없었다.

덕분에 두 자도 채 안 되는 지척지간에서 그들이 하는 대화, 아니, 허접한 수다를 가감없이 모두 들어야만 하는 고통을 겪었다.

놈들은 제법 값비싼 비단 나부랭이를 걸치고 또 도검을 메고 있는 것으로 미루어 광화현 내의 방귀깨나 뀐다는 집안의 자식들인 것 같았다.

놈들이 지껄이는 수다는 하나같이 여자에 관해서였다.

어느 집 여자가 인물이 반반하고 몸매가 삼삼한데 아쉽게도 이미 혼인을 한 유부녀라는 것.

유부녀면 어떠냐. 원래 계집이란 찌르면 다 들어가게 되어 있으니 한번 껄떡거려 보라는 것.

아니면 어느 기루의 새로 온 기녀가 몹시 삼삼하다는데 한번 가보자던가. 그 기녀라면 내가 벌써 점찍어 두었으니 건드리지 말라는 등의 시시껄렁한 잡담 일색이었다.

그렇더라도 좀 귀가 따가울 뿐이라서 기개세는 바깥의 거리 구경이나 하면서 묵묵히 술만 마셨다.

이 얘기 저 얘기를 하던 세 청년이 낙성검가와 유정을 안줏거리로 삼기 전까지는 말이다.

놈들은 낙성검가가 어떻게 해서 몰락한 것인지로 이야기를 시작하는가 싶더니, 몰락한 주제에 낙성검가 사람들이 호북십가의 명문가랍시고 낡아빠진 옷을 입은 채 검을 메고 활보하는 꼴이 가관이더라는 쪽으로 대화를 몰아갔다.

그러더니 급기야 낙성검가의 유정에 대한 얘기가 나오자 세 놈은 흥분을 해서 입에서 침을 튀기며 제각기 떠들어대기 시작했다.

유정이 광화현에서 제일 미녀인 것은 사실인데 너무 콧대가 높고 거칠어서 남자들이 근접을 못한다는 것.

낙성검가가 몰락하여 생활이 궁핍하기 때문에 어쩌면 돈으로 그녀를 살 수 있을지도 모른다는 것.

그리고는 유정을 벗겨놓으면 젖가슴이 어떻고 살결이 어떨 것이며 정사할 때는 어떤 동작과 어떤 신음 소리를 낼 것이라는 식의 음탕한 대화로 이어졌다.

세 놈은 거리낌없이 큰 소리로 그런 대화를 하면서 그 광경이 눈에 삼삼한 듯 침을 질질 흘리면서 키득거렸다.

그런데 이상한 것은, 낙성검가와 유정에 대한 대화를 듣는 내내 기개세의 심기가 몹시 불편했다는 사실이다.

아니, 불편하다 못해서 쓰레기 같은 세 놈을 찢어 죽이고 싶다는 생각마저 들었다.

기개세하고 낙성검가, 그리고 유정은 별다른 관계가 아니다. 여행을 하다가 하룻밤 묵어가는 객잔처럼 잠시 스쳐 지나는 곳일 뿐이다.

하여상이나 유석, 유정하고는 악감정은 있을지언정 좋은 감정 따윈 머리가 깨지도록 생각해 봐도 없다.

그런데도 세 놈이 낙성검가를 깔아뭉개듯 흉보고 말로써 유정을 욕보이자 기개세는 참을 수 없을 정도로 분노하고 있는 것이다.

느지막이 주루에서 나온 세 청년은 복잡한 대로를 벗어나 한적한 거리로 들어섰다. 셋 중 한 명의 집으로 가고 있는 중이다.

그곳에서 이른 저녁 식사를 하고 나서 새로 온 기녀가 있다는 기루에 가기로 합의가 된 상태다.

그런데 세 청년이 나란히 걸어가고 있는 전방 길 한복판에 흑의 경장을 입고 어깨에 검을 멘 한 명의 소년이 뒷짐을 지고 우뚝 서 있었다.

하지만 그들은 개의치 않고 계속 걸어갔다. 소년이 자신들하고는 무관한 사람이라고 생각한 것이다.

그 소년은 다름 아닌 기개세다. 세 청년, 아니, 세 놈의 후레자식들에게 따끔한 맛을 보여주기 위해서 앞질러 와 기다리고 있는 중이었다.

나란히 걸어가던 세 청년은 길 한복판에 서 있는 기개세를 피해서 길옆으로 향했다.

세 청년이 막 자신의 옆을 스쳐 지나고 있을 때 기개세가 재빨리 빙글 몸을 돌리더니 뒤에 감추고 있던 넉 자 길이의 단단하고 굵은 몽둥이를 힘껏 휘둘렀다.

빡!

"컥!"

기개세에게서 가장 가까운 곳의 청년이 뒤통수에 정통으로 몽둥이를 가격당하고 비명을 지르며 앞으로 고꾸라졌다.

다음 순간 기개세의 몽둥이가 두 번째 청년의 뒤통수를 겨냥하고 다시 허공을 갈랐다.

윙!

퍽!

"윽!"

그러나 첫 번째 청년이 가격당하는 순간 놀라서 반사적으로 상체를 틀었던 두 번째 청년이 황급히 피하는 바람에 뒤통수가 아닌 어깨에 적중되고 말았다.

"웬 놈이냐?"

창!

그 순간 세 번째 청년이 벼락같이 어깨의 검을 뽑는 것과 동시에 기개세를 향해 맹렬히 그어대며 호통을 쳤다.

그의 그런 재빠른 반응은 기개세가 미처 예상하지 못했던 일이다.

세 청년을 삼류무사도 못 되는 자들일 것이라고 짐작했는데 막상 뚜껑을 열어보니까 삼류와 이류의 중간쯤 되는 자들이다.

더구나 기개세는 두 번째 청년을 후려친 동작을 미처 거두지 못하고 있는 상태다.

그러나 그보다 빠르게 기개세의 오른발이 마치 말이 뒷발질을 하듯 쏘아 나갔다.

휙!

북두뇌격의 뇌격술 중 한 변화다. 원래 북두뇌격은 어떤 상황, 어느 각도에서도 공격이 가능한 전천후 권각술이다.

퍽!

"흑!"

기개세의 발뒤꿈치에 아랫배를 적중당한 세 번째 청년이 답답한 신음을 토하며 엉덩방아를 찧었다.

챙!

"이놈!"

그 순간 어설프게 어깨를 맞은 두 번째 청년이 어깨의 도를 뽑으며 득달같이 기개세를 공격해 왔다.

기개세로서는 어깨의 천신검을 뽑을 겨를이 없었다. 아니, 뽑은들 검법을 알지 못하니 아무 도움이 되지 못한다.

피할 수 없다고 판단하여 급한 김에 손에 쥐고 있던 몽둥이를 들어 막았다.

팍!

도는 여지없이 몽둥이 윗부분을 잘라 버렸다. 그러나 다행히 그 바람에 방향이 비껴나가 허공을 후려치고 말았다.

그 여파에 기개세는 비틀거리면서 뒤로 물러나다가 발이 무엇인가에 걸렸다.

급히 돌아보니 기개세의 발길질에 복부를 얻어맞은 세 번째 청년이 땅바닥에 웅크리고 앉아서 배를 쓸어안은 채 끙끙거리고 있었다.

"이 개자식아!"

윙!

자신이 위기에 처한 와중에도 그 광경을 본 기개세는 눈을 번들거리며 세 번째 청년을 향해 몽둥이를 휘둘렀다.

퍽퍽퍽퍽!

"으악!"

몽둥이가 세 번째 청년의 머리와 상체에 소나기처럼 쏟아지며 피가 튀었다.

"멈춰라, 이놈!"

놀란 두 번째 청년이 기개세의 뒤쪽에서 덮쳐오며 위맹하게 도를 그어댔다.

일견하기에도 제대로 배운 도법이 분명했다. 하지만 제대로 배웠든 막 배웠든 지금의 기개세로서는 도를 피하거나 막을 수 있는 형편이 아니다.

"옜다! 이거나 먹어라!"

그는 피 범벅인 몽둥이를 두 번째 청년에게 냅다 집어던지며 땅바닥으로 몸을 날리며 굴렀다.

그 덕분에 공격을 간신히 피하긴 했지만, 날아오는 몽둥이를 슬쩍 피한 두 번째 청년이 땅바닥에 쓰러져 있는 기개세를 향해 맹렬하게 그어오는 도를 피할 재간이 없다.

쉬익!

도는 곧장 기개세의 정수리를 향해 내리그어 오고 있었다.

그대로 있다간 머리가 세로로 쪼개져서 즉사를 면하지 못할 것이다.

그런데도 기개세는 겁을 먹기는커녕 땅바닥에 누운 자세로 악을 써댔다.

"이 개자식아! 정아는 내 동생이다! 함부로 아가리 놀리면 네 집안의 여자들을 모조리 가랑이를 찢어 죽이겠다!"

두 번째 청년은 유정이 기개세의 동생이라는 말에 순간적으로 주춤했으나 그대로 그의 머리를 그어 내렸다.

기개세는 눈도 깜빡이지 않고, 아니, 오히려 부릅뜨고 청년을 한껏 노려보았다.

도가 기개세의 정수리를 쪼개기 직전,

팍!

뚝!

정수리에서 한 뼘을 남겨두고 도가 뚝 멈추었다.

그러더니 두 번째 청년이 눈을 부릅뜨고 입을 쩍 벌린 채 곧장 기개세에게 덮치듯 쓰러졌다.

죽음을 코앞에 둔 상황에서도 놀라지 않던 기개세는 자신을 향해 쓰러지는 두 번째 청년을 보고는 놀라서 후다닥 다급히 옆으로 피했다.

쿵!

두 번째 청년이 옆으로 쓰러지고 목에서 분리된 머리가 데구루루 구르고 있을 때, 기개세의 시선은 방금 전까지 그가 서 있던 곳을 쳐다보고 있었다.

그곳에는 언제 나타났는지 유정이 오른손에 검을 뽑아 든 채 우뚝 서 있었다.

그녀의 검신에는 피가 흠뻑 묻었고 땅으로 피가 뚝뚝 떨어지고 있었다.

"너……."

"괜찮아?"

기개세가 뭐라고 하기도 전에 유정이 먼저 물었다.

그녀가 그렇게 물었다는 것도 놀랍지만, 기개세를 바라보는 부드러운 표정과 따스한 눈빛은 더욱 놀라웠다.

사실 그녀는 볼일을 보러 광화현에 나왔다가 점심 시간이 되어 요기나 하려고 주루에 들어갔었다.

그런데 공교롭게도 그곳에서 기개세를 발견한 그녀는 재수 옴 붙었다는 생각에 즉시 발걸음을 돌렸다.

바로 그때 기개세 바로 옆자리에서 세 명의 청년이 유정에 대해서 음탕한 대화를 나누는 것을 듣게 됐다.

분노한 그녀는 당장 세 청년을 치도곤내고 싶었으나 그 자리에 기개세가 있다는 사실이 께름칙했다.

세 청년의 대화를 기개세가 다 들었다는 사실과, 유정이 세 청년을 혼내면 그것 역시 기개세가 두 눈 뻔히 뜨고 구경할 것이라는 것. 그리고 그것들을 집에 가서 모친에게 낱낱이 고해바칠 것이라는 생각을 하고는 분노를 잠시 억누를 수밖에 없었다.

그리고는 밖으로 나와 기개세가 나오기를 기다렸다. 그가 가면 세 청년을 작살낼 생각이었다.

잠시 후 기개세가 나와서 사라졌고, 그다음에 세 청년이 나오더니 함께 어디론가 가는 것을 유정이 미행을 했다. 적당한 곳에 이르면 행동을 개시하려는 것이다.

그런데 한적한 장소에 이르러 세 청년을 뒤에서 덮치려고 하던 그녀는 급히 근처 은밀한 곳에 몸을 숨겨야만 했다.

세 청년 앞쪽에 버티고 서 있는 기개세를 발견했기 때문이다.

“끄떡없어.”

유정의 물음에 기개세는 씩씩하게 대답하고 몸을 일으키다가 뚝 멈추었다. 유정이 손을 내밀고 있는 것을 발견했기 때문이다.

그 순간 기개세의 표정이 복잡하게 변했고, 감정은 그보다 더 복잡하게 헝클어졌다.

유정은 손을 내민 채 그대로 가만히 있었다. 그녀의 얼굴에는 전에는 찾아보지 못했던 표정이 떠올라 있었는데, 굳이 이름을 붙인다면 ‘고마움’이었고, 두 눈에 일렁이는 따스하며 잔잔한 눈빛은 ‘신뢰’라고 할 수 있었다.

척!

기개세가 왼손을 뻗어 마주 잡자 유정이 슬쩍 힘을 주어 끌어당겼다.

그녀의 손은 성격을 대변하는 것처럼 매우 차가웠다.

기개세가 일어선 상태에서도 두 사람은 손을 놓지 않고 그대로 있었다.

문득 유정의 얼굴에 어색함이 어른거렸다. 막상 손을 내밀어 잡았으나 두 사람이 반 자 거리로 가까워지자 쑥스러워진 것이다.

더구나 앞으로 내밀고 있는 두 사람의 얼굴은 맞닿을 듯이 가까웠다.

쐐애액!

"죽어라, 이년!"

바로 그때 유정의 뒤에서 우레 같은 폭갈이 터졌다.

기개세는 유정의 어깨 너머로, 유정은 번개같이 고개를 돌려 뒤돌아보았다.

처음에 기개세에게 몽둥이로 뒤통수를 얻어맞았던 첫 번째 청년이 정신을 차려 땅에 떨어져 있는 두 번째 청년의 검을 집어서 유정의 뒤통수를 향해 세로로 맹렬하게 그어오고 있었다.

청년은 유정이 기개세를 일으키려고 방심하고 있을 때 접근한 것이 분명했다.

거리는 반 장 남짓으로 너무나 가까웠다.

그러나 그보다 더 난감한 문제는 유정과 기개세가 서로 손을 잡은 채 마주 보고 있는 상태라서 어떻게 해볼 수 없는 상황이라는 사실이다.

유정은 고개를 왼쪽으로 돌린 상태에서 뒤돌아보고 있으며, 왼손으로는 기개세의 왼손을 잡았고 오른손에는 검을 쥐고 있었다.

그렇기 때문에 기개세의 손을 놓고 오른쪽으로 돌면서 검을 휘두르는 것은 무리다.

그렇다고 빈손인 기개세가 어떻게 해볼 수 있는 상황도 아니다. 그의 오른손에 무기가 쥐어져 있다고 해도 말이다.

기개세의 두 눈에 유정의 머리를 향해 쾌속하게 그어져 내

리고 있는 새파랗게 번뜩이는 검신이 하나 가득 쏟아져 들어
왔다.

그의 눈동자가 급히 굴러 유정의 얼굴로 향했다.

그녀의 얼굴은 착잡함으로 일그러졌고, 두 눈은 파도처럼
크게 흔들리고 있었다.

기개세는 사람이 그런 표정을 짓는 것을 처음 보았다. 하지
만 그는 알고 있었다, 그것이 죽음의 그림자라는 사실을.

기개세의 눈동자가 급히 다시 유정의 머리 위로 흘렀다. 그
녀의 머리를 쪼개 목숨을 빼앗을 검이 두어 뼘 위에서 그어
내리고 있는 것이 보였다.

기개세의 목과 이마에 굵은 힘줄이 불끈 솟았으며 두 눈에
서 번쩍 살기가 뿜어졌다.

"멈춰, 이 자식아!"

순간 그는 피를 토하듯 외치면서 손바닥을 활짝 펼친 상태
로 벼락같이 오른손을 쭉 뻗었다.

무엇을 어떻게 하겠다는 생각도 없이 그저 손으로라도 검
을 막아보려는 발악적인 행동이다.

그때 상체를 돌려 뒤돌아보고 있는 자세로 얼굴에는 죽음
의 그림자가 짙게 드리워져 있던 유정은 느닷없이 자신의 오
른쪽 뼘 옆으로 눈부신 광채가 번쩍하고 스쳐 지나가는 것을
발견했다.

그러나 단지 그것뿐이다. 광채는 찰나지간 번쩍였다가 청

년의 얼굴을 휩쓸듯이 사라져 버렸다.

마치 밝은 햇살이 청년의 얼굴을 비춘 듯한 광경이라서 그녀는 자신이 방금 본 것이 착각이라고 생각했다.

기개세는 자신의 손바닥에서 뿜어진 옥빛 투명한 광채가 유정의 뒤에서 공격하고 있던 청년의 얼굴을 휩쓰는 것을 똑똑히 보았다.

자신의 눈앞에서 벌어지는 일인데 보지 못할 리가 없다.

그의 오른손에서 뿜어진 투명한 빛줄기는 청년의 얼굴에 적중되지 않았다.

마치 빛이 유리를 통과하듯 청년의 얼굴을 투과(透過)하더니 그 뒤쪽으로 사라져 버린 것이다.

그런데 그 순간 청년의 동작이 거짓말처럼 뚝 정지했으며, 그어 내리던 도는 유정의 머리 위 한 뼘쯤에서 멈춘 상태다.

뒤돌아보고 있던 유정은 이상한 광경을 보고 있었다. 청년이 아무 움직임도 없이 그대로 서 있기만 한 것이다.

모든 것이 정지해 버렸다. 마치 시간이 멈춰 버린 것 같은 현상이다.

그래서 그녀는 어쩌면 자신이 이미 죽은 것일지도 모른다는 생각이 들었다.

한 번도 죽어본 적이 없으므로 사후에 어떤 상황이 전개되는지 알지 못한다.

그러므로 그것을 지금 경험하고 있는 것이라고 생각하는 것도 무리가 아니다.

기개세는 급히 자신의 오른손을 보았다.

'뭐야, 이건?'

순간 그는 눈을 커다랗게 떴다. 오른손이 변해 있었다. 손목까지 유리처럼 투명한 상태에서 은은한 광채를 흩뿌리고 있는 괴이한 모습이었다. 그래서 마치 손이 사라져 버린 것처럼 보였다.

스으…….

그런데 그때 그가 뻔히 쳐다보고 있는 중에 오른손이 변화를 일으키기 시작했다.

은은한 광채가 사라지면서 투명했던 손이 빠르게 본래의 모습을 되찾고 있었다.

'뭐야, 이건?'

그걸 보면서 그는 방금 전에 했던 말을 또다시 속으로 중얼거렸다.

"아!"

그때 유정이 나직한 탄성을 터뜨리는 바람에 그는 급히 그녀를 쳐다보았다.

유정의 얼굴은 놀라움으로 가득 물들어 있고, 그 뒤쪽의 청년의 얼굴이 변화를 일으키고 있었다.

청년의 목 윗부분이 마치 투명한 백옥으로 조각을 한 것처럼 빠르게 변하고 있는 것이다.

얼굴은 물론이고 심지어 머리카락과 눈알까지 반들반들한 백옥처럼 변했다.

그러더니 기개세와 유정이 쳐다보고 있는 가운데 백옥으로 변한 청년의 얼굴이 두 번째 변화를 일으켰다.

쩌어어!

청년의 얼굴에 거미줄 같은 균열이 일어나기 시작했다. 마치 도자기가 박살 나기 직전에 금이 가는 듯한 모습이다.

쩌쩌쩍!

잠깐 사이에 청년의 얼굴 가득 균열이 생겼다. 세필(細筆)로 가느다란 선을 종횡으로 마구 그린 것 같았다.

퍼억!

그리고 다음 순간 청년의 얼굴이 작은 폭발을 일으켰다. 그것은 마치 얼음 덩어리가 바위에 부딪쳤을 때 박살 나는 것 같은 광경이었다.

청년이 가까이에 있었기 때문에 그의 얼굴이 박살 나면서 조각들이 기개세와 유정에게도 날아와서 얼굴과 몸에 우수수 부딪쳤다.

조각들이 두 사람의 얼굴과 손에 부딪치자 감촉이 차가웠다.

그래서 두 사람은 똑같이 청년의 얼굴이 얼음으로 화했다는 생각을 했다.

그리고 두 사람은 머리를 잃은 청년의 몸이 우두커니 서 있는 모습을 지켜보았다. 청년의 오른손에는 여전히 그어져 내리던 도가 쥐어진 채였다.

그리고 청년의 몸통은 변함이 없는데 목 부위는 박살 난 얼굴처럼 백옥이었다.

떨어져 나간 머리와의 단면(斷面)에 삐죽삐죽한 무수한 돌기들이 솟아 있었다. 자세히 보니 백옥이라기보다는 얼음에 가까운 듯했다.

그 예로, 끊어진 목의 핏줄에서 흘러나오려다가 만 피조차도 얼음의 결정체로 변해 반짝였다.

그때 청년의 몸뚱이가 기우뚱하더니 둔탁한 소리를 내면서 땅에 쓰러졌다.

쿵!

그러자 목 부위의 얼음 돌기들이 우수수 바닥에 흩어져 떨어졌다.

기개세와 유정은 마치 꿈을 꾸는 듯한 표정으로 여전히 손을 잡은 채 물끄러미 청년을 굽어볼 뿐 아무런 반응도 보이지 않았다. 너무도 엄청난 광경이 눈앞에서 벌어졌기 때문이다.

그렇게 얼마나 인적 없는 한적한 거리에 서 있었을까.

먼저 정신을 차린 사람은 기개세다.

그는 자신의 오른손과 청년, 그리고 얼마 전까지는 머리였다가 지금은 얼음조각이 되어 땅바닥에 흩어져 있는 빙편(氷片)을 번갈아 보면서 잠꼬대처럼 중얼거렸다.

"뭐야, 이거?"

그는 '뭐야, 이거?'라는 소리를 세 번이나 했다. 그 말밖에 할 말이 없었기 때문이다.

그의 말에 잠에서 깨듯 유정이 부스스 정신을 차리고 몽롱한 얼굴로 기개세를 쳐다보았다.

"너……."

"작은오빠."

이 와중에도 기개세는 호칭을 바로잡아 주는 것을 잊지 않았다.

유정은 경황 중이라서 그런 것을 따지지 않았다.

"작은오빠, 방금 전에 어떻게 한 거야?"

"나도 몰라."

"모른다고?"

유정은 말을 하는 동안 천천히 꿈에서 깨어나 현실로 돌아오고 있는 중이다.

"자기가 해놓고도 모른다니, 그게 말이 돼?"

"말 돼."

"뭐가?"

"모르니까 모르는 거야."

유정은 답답한 표정으로 무슨 말을 하려다가 기개세의 얼굴을 보고는 말을 삼켰다.

   그의 얼굴에는 복잡한 표정이 짙게 떠올라 있었다. 그 표정
으로 보아 방금 전에 일어난 일을 유정보다 더 궁금하게 여기
는 것이 분명했다.

第十五章
전대미문의 천재

기개세와 유정이 서둘러 거리를 떠나고 나서 다섯 호흡쯤 지났을 때 그 자리에 갑자기 한 인영이 나타났다.

스스스.

처음에는 마치 땅속에서 솟아난 것처럼 붉고 흐릿한 운무 같은 것이 피어나더니 눈을 두어 번 깜빡거릴 사이에 새빨간 홍의를 입은 한 명의 소녀로 화했다.

홍의소녀의 모습은 실로 희한했다. 입고 있는 옷과 어깨에 메고 있는 한 자루 검, 그리고 머리카락과 눈동자까지 피처럼 붉은색이었다.

단지 얼굴과 소매 밖으로 드러난 두 손만 백옥처럼 희었다.

붉은 옷과 붉은 머리카락, 붉은 눈동자에 희디흰 살결은 기묘한 대조를 이루어 그녀를 한 번 보면 영원히 잊지 못할 듯했다.

머리카락과 눈동자가 붉은색인 것은 그녀가 배운 무공 때문이다.

세인들이 귀신이나 유령의 조화술(造化術)이라고 일컫는 비전(秘傳)의 요선비절(妖仙秘絶)을 배운 것이다.

그녀는 다름 아닌 소랑이다.

사도구련의 아홉 장로, 즉 구련주 중에서 유일한 홍일점인 요미선 암향의 막내 제자다.

소랑은 올해 십육 세의 어린 소녀다. 그러나 사부의 진전을 오 할 정도 물려받은 일류고수이며, 사부를 따라서 강호를 돌아다녔기 때문에 어린 나이에도 불구하고 풍부한 경험을 지니고 있었다.

그녀는 기개세가 무창 사도구련 총련을 떠난 이후 줄곧 그의 근처에 머물고 있었다.

식사는 총련에서 갖고 온 벽곡단으로 대신하고 있으며 하루에 한 번 용변을 해결할 때 외에는 기개세 곁에서 잠시도 떨어져 본 적이 없었다.

심지어는 잠도 기개세와 같은 방에서 잔다. 물론 그녀의 은둔술이 워낙 완벽하기 때문에 기개세는 물론 낙성검가의 사람들은 그녀의 존재를 추호도 알지 못했다.

‘작은 늑대’ 라는 이름의 소랑은 조금 전에 머리통이 얼음 덩어리로 화했다가 박살이 나서 죽은 청년의 시체 옆에 쪼그리고 앉아서 자세히 살폈다.

문득 어떤 표정도 지을 것 같지 않은 그녀의 표정이 잔물결처럼 가볍게 흔들리고 새빨간 동공이 약간 커졌다.

‘이것은 극빙장(極氷掌)!’

극빙장이라는 것은 무공의 한 종류이지 무공 초식이 아니다.

무공은 크게 양(陽)에 속하는 양강지공(陽剛之功)과 음(陰)에 속하는 음유지공(陰幽之功)으로 나뉜다.

또한 양이 극에 달한 무공을 극양공(極陽功)이라 하고, 음이 극에 달한 무공을 극음공(極陰功)이라 한다.

그러나 극양공이나 극음공 둘 다 연마하기가 극도로 어려워서 그것을 익힌 고수는 그리 많지 않다.

체내의 ‘극음지기’ 를 장력으로 발출하는 것을 극음장(極陰掌)이라 하고, 거기에 적중되면 상대는 순간적으로 뼛속까지 얼어붙어서 즉사하고 만다. 이 경우에 시체 온몸에는 허연 서리가 낀다.

극음장보다 한 단계 더, 아니, 음유지공의 최고봉이라고 할 수 있는 것이 극빙장이다.

극음장에 적중되면 공력의 높고 낮음에 따라서 체내의 혈맥과 내장, 심할 경우 뼈까지 차례로 얼어버리지만, 극빙장은 온몸을 순식간에, 그리고 깡그리 얼려서 얼음 덩어리로 만들어 버린다.

강호 경험이 풍부한 소랑은 청년의 시체를 살핀 결과 그가 극빙장에 의해서 죽은 것이라고 판단했다.

그리고 기개세를 따라와서 이 근처에 은신해 있던 그녀는 그의 오른손에서 눈부신 투명한 광채가 뿜어지는 것을 똑똑히 목격했다.

'대공자께서 어떻게 극빙장을 전개하실 수 있는 거지?'

머리로는 그렇게 생각하면서 그녀는 품속에서 하나의 붉은색 옥병을 꺼내 붉은 액체를 바닥에 널브러져 있는 세 구의 시체에 골고루 뿌렸다.

츠으으.

그러자 시체들은 푸르스름한 연기를 피우며 빠르게 녹더니 잠시 후에는 감쪽같이 사라져 버렸다.

소랑은 그 자리에 서서 아무것도 없는 땅바닥을 굽어보며 내심 중얼거렸다.

'내가 알고 있는 대공자는 삼류무사에도 미치지 못하는 무공 수준인데 어떻게 해서 최강의 극빙장을……'

*　　　*　　　*

기개세가 낙성검가의 일원이 된 지 어언 한 달이 지났다.

처음과는 달리 기개세에게, 그리고 하여상과 유석, 유정에게도 여러 가지 큰 변화가 생겼다.

네 사람의 변화는 제각기 다르지만 지난 한 달 동안이 그들의 일생 중에서 매우 중요한 기간이었다는 사실은 같았다.

우선 하여상과 유석, 유정이 일심동체가 되어 기개세를 가르치게 되었다는 것이 가장 눈에 띄는 변화였다.

예전의 세 사람은 겉으로는 단란한 가족처럼 보였으나 실상은 분열되어 있었다.

대부분의 명문세가 가족들이 그렇듯이 낙성검가도 크게 다르지 않았다.

가문이라는 울타리 안에서의 결속력과 웃어른에 대한 존경심, 그리고 명령 체계 등은 정파 명문세가의 진정한 힘이라고 할 수 있다.

하지만 그것뿐이다. 명문세가의 장점을 지나치게 고수하다 보니까 서민들의 가정에서 흔하게 볼 수 있는 가족 간의 화목함이나 우애 같은 것은 찾아보기 어려웠다.

유석과 유정은 부모에게 철저하게 복종하지만 부모 자식 간에 느끼는 온화함이나 애틋함 같은 것은 없었다.

그리고 그것은 낙성검가가 몰락하기 시작하면서 지난 십여 년이 흐르는 동안 점점 더 심화되었다.

그랬었는데 그들 세 사람은 기개세가 낙성검가에 오고

난 후부터 급속도로 가까워졌으며, 마침내 명문세가에서는 찾아보기 어려운 가족 간의 화목과 우애를 과시하게 되었다.

그렇다고 그들이 화목하게 되는 것에 기개세가 직접적으로 관여를 한 것은 아니다.

그럴 능력도 없으며, 설사 능력이 있다고 해도 이득이 생기는 것도 아닌데 골치 아프게 그런 일을 할 친절한 성격이 아니다.

하여상 가족 세 사람은 난데없이 굴러들어 온 새 가족 기개세라는 골칫덩이를 제대로 된 인간으로 만들어보려고 머리를 맞대고 고심을 하고 뜻을 모아 행동을 하다 보니까 자신들도 모르는 사이에 언젠가부터 끈끈한 가족애로 뭉쳐지게 됐던 것이다.

무엇보다도 괄목할 만한 일은, 내성적이고 차가운 성격이며 겉돌기만 하던 유정이 기개세 교육에 두 팔을 걷고 나섰다는 사실이다.

만약 그녀가 그러지 않았다면 하여상 가족의 화목함은 이루어질 수 없었을 것이다.

하지만 유정이 왜 갑자기 기개세 교육에 팔을 걷어붙였는지에 대해서는 하여상도 유석도 알지 못했다.

그렇지만 기개세의 변화야말로 가장 놀라운 것이었다. 그로 인해서 그 자신도, 그리고 하여상 가족도 놀라움을 금하지 못했다.

그는 지난 한 달 동안 며칠을 제외하곤 하루 종일 무공 수련과 학문 공부에 매달렸다.

하여상 등이 그 광경을 보면서 저러다가 병이라도 나면 어떻게 하나 걱정을 할 정도였다.

기개세가 그토록 열심인 이유는 '대정숙 입교' 라는 뚜렷한 목적이 있기 때문이었다.

또한 수틀리면 무조건 두들겨 패기만 하던 부친과는 달리 하여상과 유석, 유정이 성심 전력으로 가르친 것도 그의 변화에 큰 몫을 차지했다.

예전의 기개세에겐 뚜렷한 목적도, 그리고 학식과 성심을 갖춘 스승도 없었다.

하여상 등은 무엇을 가르치든 바싹 마른 모래가 물을 빨아들이듯 순식간에 배워 버리는 기개세의 천재성에 경악의 한 달간을 보냈다.

정말이지, 기개세는 아무리 난해한 무공 구결도, 그리고 까다로운 동작도 두세 번만 듣거나 보면 거의 완벽하게 재현을 해냈다.

하여상과 유석, 유정은 예전에는 기개세 같은 천재를 한 번도 본 적이 없었다.

하여상은 앞에 앉아 있는 기개세를 바라보며 기쁘면서도

쓸쓸한 기분을 맛보고 있었다.

기개세가 불과 한 달 만에 낙성검가의 성명무공을 모두 완벽하게 배웠다는 사실이 기뻤고, 그가 한 달 만에 배웠을 정도로 낙성검가의 성명무공이 형편없는 것인가 하는 자괴심에 쓸쓸한 기분이었다.

기개세는 낙성검가의 성명무공 중에서 삼원심법을 반나절 만에, 그리고 사신검법의 구결 암기와 이해, 실기를 사흘 만에, 경공인 유성비행(流星飛行)을 이틀 만에, 그리고 제일 까다로운 점혈 수법인 성라점혈수(星羅點穴手)를 닷새 만에 배웠다. 그렇게 해서 모두 다 배우는 데 불과 십일 일이 걸렸을 뿐이다.

한 달 중에 나머지 이십여 일은 배운 것들을 완전히 자신의 것으로 만들기 위해서 수련을 한 기간이었다.

하여상과 유석, 유정은 자신들이 직접 가르쳐서 기개세가 놀라운 성취를 이루었음에도 여전히 믿어지지 않는 마음이었다.

유석과 유정은 기개세와 실전을 방불케 하는 수련을 수없이 해봤기 때문에 그의 실력이 어느 정도인지 잘 알고 있다.

기개세는 유석과의 대결에서 오십 초까지 버틸 수 있고, 유정하고는 백 초까지 팽팽하게 버틴다.

그 정도면 낙성검가의 성명무공을 완벽하게 익혔다고 할

수 있다. 남은 것은 실전 경험과 공력의 증진이다.

기개세가 무공 연마에서 보여주었던 천재성은 학문 수업을 할 때에도 유감없이 발휘되었다.

처음에 하여상이 학문을 가르칠 때의 그는 서당에 다니는 유아 수준에도 못 미칠 정도로 무식했었다.

그러나 현재는 최소한 학자가 갖추어야 할 기본적인 학문은 거의 섭렵한 상태다. 그러므로 어디에 내놓아도 학식으로 꿀리지는 않을 것이다.

하여상은 유석과 유정에게서 기개세의 천재성에 대해서 듣고는 반신반의했었다.

그런데 자신이 직접 학문을 가르쳐 보니까 오히려 그들의 표현력이 부족했다는 사실을 알게 되었다.

보통 사람이라면 최소한 십여 년이 걸려야 배울 수 있는 학문의 양을 그는 불과 한 달 만에, 아니, 무공 연마를 한 시간을 제외하면 불과 열흘 남짓 만에 섭렵한 것이다.

처음에 하여상은 학문이라고는 백치 상태인 기개세에게 가장 쉬운 소학을 가르치면서 시시콜콜한 것까지도 일일이 다 설명해야만 했었다.

그러나 소학을 사흘 만에 떼고 나서는 그야말로 일사천리였다. 그녀가 시시콜콜 설명한 것들은 기개세에게 학문의 기초가 되어주었다.

소학 이후부터 기개세는 무서운 속도로 배웠으며, 아예 닷

새째부터는 서책을 읽는 것만으로 내용을 모두 외우고 또 이해하는 경이로운 괴력을 보여주었다.

그때부터 하여상이 한 일은 그가 배울 다음 차례의 서책을 고르고 또 갖다 주는 것뿐이었다.

한 달이 거의 끝나갈 무렵 하여상은 기개세가 학문을 계속하면 머지않아서 천하를 경동시킬 대학자가 될 것이라는 사실을 의심하지 않았다.

기개세는 그냥 천재가 아니라 그 앞에 '전대미문' 이라는 수식어가 붙어야 할 정도인 것이다.

그러나 기개세는 하여상의 입에서 '이만하면 됐다' 라는 말이 떨어지기가 무섭게 읽고 있던 서책을 집어던지더니 그날 이후로는 서책 근처엔 얼씬도 하지 않았다.

결국 하여상은 그가 필요에 의해서 학문과 무공을 배운 것이라는 사실을 알게 되었다.

"그만하면 충분히 대정숙에 입교할 수 있을 게다. 오늘로써 무공 수련과 학문 수업을 그만 해도 좋다."

기개세는 벌떡 일어서더니 두 손을 맞잡아 하여상을 향해 포권을 하며 정중히 고개를 숙였다.

"그동안 우매한 저로 인해서 어머니의 노고가 크셨습니다."

"영아……."

기개세는 이어서 유석과 유정에게도 일일이 포권을 하며

고개를 숙였다.

"석 형님과 정아도 애 많이 쓰셨습니다. 이 은혜는 죽어서도 잊지 않겠습니다."

"영아."

"작은오빠……."

하여상과 유석, 유정은 한 달 전만 해도 천방지축이었던 기개세가 깍듯한 예의를 차리자 크게 감격한 표정을 지으면서 희열에 몸을 떨었다.

그런데 기개세가 고개를 들면서 하여상을 보며 히죽 웃었다.

"이렇게 하는 거라 그 말이죠?"

유석과 유정은 어이없는 표정을 지었으나, 하여상은 미소를 지으며 고개를 끄덕였다.

"잘했다. 어디에 가더라도 그렇게 하면 낙성검가의 자식으로서 부족함이 없을 게다."

거래에 의해서 어쩔 수 없이 들이게 된 기개세인데도 하여상은 그저 흉내만 내는 낙성검가의 문하 제자가 아니라 양자로 맞이했으며, 지난 한 달 동안 다른 자식과 똑같은 대우를 해주었다.

기개세는 자신이 낙성검가의 성명무공과 학문을 무사히 수료했다는 사실에 한껏 고무되어 얼굴이 의기양양함으로 가득했다.

하여상은 온화하게 미소 지으며 입을 열었다.

"영아, 네가 원하면 이곳에 계속 있어도 된다."

기개세는 어리둥절한 표정을 지었다.

"그게 무슨 뜻이죠?"

"가족으로서 네가 원하는 만큼 머물러도 된다는 뜻이다."

"가족으로서?"

기개세는 중얼거리면서 눈을 껌뻑거렸다.

유석과 유정은 적잖이 놀라는 표정으로 하여상을 쳐다보았다. 두 사람은 모친이 방금 한 말이 무엇을 뜻하는지 잘 알고 있다.

만약 모친의 제안을 받아들여서 기개세가 낙성검가에서 머물게 된다면 거래 금액으로 받은 은자 십만 냥을 되돌려줘야 할 것이다.

왜냐하면 거래 내용은 기개세를 대정숙에 입교시키는 것이기 때문이다.

지금의 낙성검가에게 은자 십만 냥이 어떤 의미인지는 굳이 설명하지 않아도 된다.

그런데 하여상은 그것을 포기하려는 것이다. 하지만 그 이유를 유석과 유정은 안다.

하여상은 지난 한 달 사이에 기개세에게 정이 듬뿍 든 것이 분명했다. 그래서 은자 십만 냥을 포기하면서까지 그를 곁에 붙잡아두고 싶은 심정일 터이다.

유석과 유정이 어떻게 하여상의 그런 마음을 어렵지 않게 짐작할 수 있느냐 하면, 그들 역시 하여상과 같은 심정이었기 때문이다.

애당초 하여상이나 유석, 유정처럼 근본적으로 정의롭고 올곧은 사람들은 가문의 이름을 팔아 이득을 취하는 따위의 이런 거래에는 소질이 없었다. 그런 거래는 아무나 하는 것이 아닌 것이다.

유석과 유정은 몹시 긴장한 표정으로 기개세를 뚫어지게 주시했다.

희비가 엇갈리는 순간이다. 기개세가 그러겠다고 하면 은자 십만 냥을 날리게 되고, 낙성검가는 여태까지의 궁핍함에서 벗어나지도, 재기의 기회를 가져보지도 못하게 된다.

반대로 기개세가 거절하면 은자 십만 냥은 잃지 않더라도 그동안 정들었던 기개세를 떠나보내야만 한다.

그러나 유석도 유정도 어느덧 하여상과 같은 심정이 되어 있었다.

궁핍함은 어제오늘의 일이 아니라 이미 익숙해져 있으니 조금 더 궁핍하면 어떠랴.

자신들이 아직 젊으니, 그리고 기개세를 진실한 형제로 얻게 된다면 삼남매가 힘을 모아서 장차 낙성검가를 일으킬 기회가 있지 않겠는가 하는 심정이다.

드디어 기개세가 입을 열었다.

"에이~ 농담이죠? 나더러 이런 촌구석에서 뭘 하라고요? 나는 말이죠, 큰물에서 놀아야 할 인물이라 이겁니다."

유석의 얼굴에는 실망의 기색이 떠올랐고, 유정은 앙칼지게 신경질을 냈다.

"그래, 가버려. 아무도 붙잡지 않아. 어머니께선 둘째 오빠가 어디 가서 낙성검가의 명예를 더럽히지나 않을까 하는 염려에서 여기에 붙잡아두려고 그러시는 거야."

"아! 그런 뜻이었습니까?"

기개세는 몰랐다는 듯 깜짝 놀라는 표정을 지었다. 이어서 그는 진지한 표정으로 한 손을 가슴에 대고 자못 엄숙하게 말을 이었다.

"대정숙에 입교할 때 이외에는 낙성검가의 무공을 사용하지 않겠다고 맹세하겠습니다. 만약 맹세를 어기면 내 손자까지 거지로 빌어먹고 살 겁니다."

"밥통!"

유정은 자신의 말을 기개세가 곧이곧대로 받아들이자 발끈 성질을 내며 팔짱을 끼고 홱 돌아섰다.

기개세는 유정이 자신의 말을 믿지 못한다고 여긴 듯 더욱 엄숙한 표정을 지었다.

"정아, 정말로 낙성검가의 무공은 사용하지 않을 거야. 그

래도 네가 못 믿겠으면 앞으로는 아예 내가 낙성검가 사람
들하고는 만난 적도 없는 것으로 알고 살겠어. 그럼 되겠
지?"

"흥! 저딴 게 무슨 천재야? 흥! 천하에 다시없을 순 바보천
치잖아!"

유정은 코가 떨어져 나갈 정도로 연이어 코웃음을 쳤다.

그때 하여상이 손을 저었다.

"영아, 네가 무림에 나가서 본 가의 무공을 사용하든 하지
않든, 그리고 우리와의 인연을 간직하든 버리든 그것은 너의
자유다. 그러나 어미는 네가 본 가의 명예를 더럽힐 것이라고
는 생각하지 않는다."

"그렇죠, 어머니?"

기개세는 금세 헤벌쭉했다.

"오냐."

"거봐. 어머니는 날 믿잖아."

기개세는 보란 듯이 유정에게 으스댔다.

"흥! 바보."

하지만 유정은 앵돌아진 마음을 풀지 않았다.

그녀를 보면서 문득 기개세의 입가에 보일 듯 말 듯 흐릿한
미소가 매달렸다.

사실 그는 유정의 마음을 너무도 잘 알고 있으면서 장난기
가 발동하여 일부러 그런 것이다.

하지만 그는 언제든 유정의 마음을 풀어줄 자신이 있었
다.

그는 하여상을 보며 조금 전의 깍듯한 예의는 어디 갔는지
건들거리면서 말했다.

"어머니, 잠시 할 말이 있어요."

이럴 때는 '드릴 말씀이 있습니다' 라고 해야 맞지만 서책
을 덮는 순간 기개세의 머릿속에서는 학식과 예의범절이 깡
그리 사라져 버린 듯했다.

내실. 탁자를 마주하고 기개세와 하여상이 마주 앉아 있
다.

"어머니, 저와 함께 형과 정아도 대정숙에 입교할 수 있게
허락해 주세요."

기개세가 불쑥 말하자 담담히 그를 바라보던 하여상의 얼
굴빛이 크게 흔들렸다.

그녀의 얼굴에는 갈등하는 기색이 역력하게 떠올랐다. 정
파에 몸을 둔 부모치고 어느 부모가 자식을 대정숙에 보내고
싶지 않겠는가.

자식이 대정숙에 들어갔다는 사실 하나만으로도 그 가문
은 어깨를 활짝 펼 수 있으며, 무사히 수료라도 하는 날이면
그야말로 가문의 영광인 동시에 무림에서의 지위까지도 격상
되는 것이 당금의 실정이다.

대정숙은 정파뿐만 아니라 모든 무림인들이 입교하고 또 수료하고 싶은 꿈의 전당(殿堂)인 것이다.

하여상도 유석과 유정을 어떻게 해서든 대정숙에 보내고 싶은 마음이야 간절하다.

더구나 그들 실력이라면 어렵지 않게 입교할 수 있을 것이기에 보내지 못하는 심정이 더욱 안타깝다.

문제는 대정숙의 일 년치 학습료가 무려 은자 만 냥에 이른다는 사실이다.

그렇다고 해서 대정숙은 돈을 벌기 위해 정파의 자제들을 숙식시켜 가면서 가르치는 것이 아니다.

대정숙 내의 시설이 얼마나 웅장하고 또 거대하며, 생도(生徒)들을 가르치는 무도관과 학습관, 기숙관, 여타 무공 연마를 위한 수백 종류의 시설들이 무림 어디에서도 볼 수 없을 정도로 최고 수준을 자랑한다는 사실을 알고 있는 사람들은 오히려 대정숙의 일 년치 학습료 은자 만 냥이 헐값이라고 입을 모은다.

유석과 유정이 대정숙에 입교했다는 사실만으로도 오랜 침체에 빠져 있던 낙성검가는 부흥의 계기를 맞이할 수 있을 것이다.

입교만으로도 그런데 만약 두 아이가 대정숙을 무사히 수료하게 된다면 그다음은 상상하는 것만으로도 가슴이 벅찬 일이었다.

　그러므로 하여상은 그 누구보다도 유석과 유정을 대정숙에 보내고 싶은 마음이 간절했다.

　하지만 문제는 돈이다. 명문세가의 똑똑한 자손들이 대정숙을 수료하는 데 평균적으로 사 년이 소요된다고 하는데, 그때까지 필요한 금액이 자그마치 은자 사만 냥이고, 유석과 유정 두 명이니 은자가 팔만 냥이나 필요하다.

　낙성검가는 고정 수입이 없다. 갖고 있던 전답은 이미 오래 전에 남의 손에 넘어갔으며, 광화현에 있던 몇 개의 점포 역시 팔아치운 지 오래다.

　기개세를 맡긴 인물로부터 받은 거래 대금 은자 십만 냥이 있으나 그것을 쓸 수는 없다.

　돈이 있으면서도 은자 팔만 냥의 빚을 갚지 않는다는 것은 하여상으로서는 꿈도 꾸지 못할 파렴치한 짓이다.

　빚을 갚고 남은 은자 이만 냥으로는 낙성검가가 재기할 수 있는 최소한의 자금으로 사용해야 한다.

　결국 하여상은 고개를 살래살래 가로저었다.

　"영아, 네 말은 고맙다만 어렵겠구나."

　"돈 때문이죠?"

　기개세는 그럴 줄 알았다는 듯한 얼굴로 불쑥 물었다.

　노골적인 물음에 하여상은 조금 곤혹스런 표정을 지으며 가만히 있다가 고개를 끄덕였다.

　"그렇단다."

기개세를 아들로 여기고 있는 마당에 속이고 싶은 마음이 없기 때문이다.

"나를 낙성검가에 받아들이고 얼마나 받았죠?"

이번 질문은 노골적이다 못해서 무례하기 짝이 없다.

기개세가 이러는 것이 처음이라면 아무리 이해심 깊은 하여상이라고 해도 화가 날 것이다.

그러나 그녀는 지난 한 달 동안 기개세를 겪어봤기에 그가 전혀 나쁜 뜻 없이 속에 있는 감정을 가감없이 말로 한다는 사실을 알고 있었다.

"은자 십만 냥이란다."

그래도 하여상으로서는 씁쓸한 마음을 어찌지 못했다.

그러나 기개세는 그녀의 마음 따윈 아랑곳하지 않고 약간 건방질 정도로 고개를 까딱거렸다.

그러더니 잠시 후에 자못 진지한 표정을 지으며 하여상을 똑바로 응시하며 입을 열었다.

"나는 처음에 당신을 이상한 여자라고 생각했습니다."

밑도 끝도 없는 말이다. 하여상을 '당신' 이라고, 더구나 '이상한 여자' 라고 거침없이 말했다.

그러나 이제 기개세는 어떤 말이나 행동으로도 눈앞의 자비롭고 이해심 깊은 여자를 흔들어놓을 수 없었다.

하여상은 눈빛조차 변하지 않은 채 기개세가 다음 말을 하기를 기다렸다.

"나에 대해서는 아무것도 모르면서 낙성검가 같은 명문세가가 덜컥 나를 문하로 받아들이는 것을 보니 참 돈이 절실했구나, 그리고 돈의 위력이란 대단하구나 하는 것을 느꼈습니다."

점입가경. 갈수록 말이 거침없고 안하무인이다.

"그런데 당신은 한술 더 떠서 나를 양자로 맞이했습니다. 그저 문하 제자로 맞이해도 되는데 말입니다. 어라? 이것 봐라? 나는 조금 놀랐고, 그래서 지켜보기로 했습니다."

기개세는 다 식어버린 차를 한 모금 마시고 말을 이었다.

"이후 당신과 유석, 유정 남매는 나를 가르치는 일에 성심과 전력을 다했습니다. 당신은 나를 유석, 유정과 한 치도 차별없이 대했습니다. 그들보다 나를 더 홀대했거나 잘해주었다면 차별이라고 생각했을 것입니다."

하여상은 기개세의 찻잔에 차를 부어주었다.

"한 달이 거의 다 되어갈 무렵에 나는 비로소 당신을 어머니로, 유석과 유정을 형과 누이동생으로 여길 수 있게 되었습니다."

기개세는 탁자 위에 올려놓은 두 손을 깍지 끼고 하여상을 바라보며 빙그레 미소 지었다.

"당신은 내 어머니입니다."

뭉클!

순간 하여상은 누군가 심장을 힘껏 움켜잡아 피가 뿜어지는 것처럼 강렬한 감동을 느꼈다.

"영아……."

그녀의 두 눈에 부옇게 안개가 서렸다.

"이리 오너라. 너를 한 번 안지 않고는 견딜 수가 없을 것 같구나."

기개세가 일어나서 가까이 다가가자 그녀는 그를 두 팔로 꼭 끌어안았다.

그렇지만 보통 소녀처럼 아담한 체구의 그녀는 키가 육 척에 가까운 기개세를 안기가 너무나 버거워서 의자와 함께 뒤로 넘어갈 것 같았다.

"하하! 어머니, 반대로 하는 것이 좋을 것 같군요!"

기개세 배에 얼굴을 묻었던 그녀가 고개를 들고 의아한 표정을 지었다.

번쩍!

"아!"

그러자 기개세가 그녀를 가볍게 안더니 자신이 의자에 앉고 그녀를 무릎에 올려놓았다. 그리고는 빙그레 웃었다.

"이러는 것이 서로 더 편하겠어요."

하여상은 가볍게 얼굴을 붉혔다. 젊었을 때에도 요조숙녀였던 그녀는 남편의 무릎에도 앉아본 적이 없다.

물론 유석이나 유정도 철이 들고 나서는 품에 안아보지 않았다.

유석은 정의롭고 온화하지만 수줍음이 많고, 반대로 유정
은 냉정한 성격이라서 안기는커녕 다정한 표정이나 말을 하
는 것조차 인색했었다.

그러나 기개세는 유석과 유정이 갖고 있지 않은 것들을 갖
고 있다.

상냥함과 다정함, 그리고 시작과 끝을 알 수 없는 거침없는
친화력이다.

물론 그런 것들의 저변에는 무례함과 후안무치, 저돌적인
성격들이 깔려 있었지만 꿀처럼 달콤한 대가를 상상한다면
능히 참을 만하다.

"불편해요?"

얼굴을 붉히고 어쩔 줄 모르는 하여상을 보며 기개세가 의
아한 듯 물었다.

"우리 엄마는 이렇게 해주면 아주 좋아하는데……."

"아니, 불편하지 않단다. 나도 좋구나."

"그럼 이제 제대로 안아보세요."

하여상은 웃음이 났으나 가만히 두 팔을 뻗어 기개세의 머
리를 안아 가슴에 묻었다.

"흠! 흠."

그녀의 가슴에 얼굴을 묻은 기개세가 코를 벌름거리자 하
여상이 물었다.

"왜 그러느냐?"

“우리 엄마하고 똑같은 냄새가 나서요.”

“무슨 냄새?”

“젖내, 살 내음, 그리고 엄마 냄새.”

자식들에게서 한 번도 들어본 적이 없는 말에 하여상은 가슴이 뭉클거리는 것을 느꼈다.

“싫으니?”

“아니, 좋아요.”

하여상은 빙그레 흐뭇한 미소를 짓다가 기개세의 다음 말에 움찔 놀랐다.

“나는 집에서 언제나 엄마의 젖가슴을 만지다가 잠이 들곤 해요.”

하여상은 불길한 느낌을 받았다. 그리고 그것이 들어맞는 데에는 그리 오래 걸리지 않았다.

“어머니, 젖 만져 봐도 돼요?”

“…….”

하여상이 움찔 놀라고 있을 때 기개세의 손은 이미 그녀의 앞섶을 헤치고 있었다.

그녀는 아들의 무릎에 앉은 채 고스란히 무장 해제를 당하고 말았다.

집 안에서 새는 쪽박이 밖에서도 샌다고, 기개세의 소위 ‘젖탐’은 어딜 가나 변함이 없다.

결국 사십오 세의 나이답지 않게 아직도 탱글탱글한 그녀

의 젖가슴을 주물럭거리고 있는 기개세의 머리를 한 대 쥐어
박고 나서야 하여상은 자유로운 몸이 될 수 있었다.

"인석아, 쭈그렁 할머니 젖이 뭐가 좋다고… 호홋!"

하여상은 입으로는 그렇게 꾸짖으면서도 자신을 진짜 엄
마로 대해준 기개세가 너무나 귀여웠다.

"그래서 말인데요, 엄마."

젖 한번 만졌다고 어머니가 즉시 엄마로 변했다.

그러나 그것 역시 하여상은 싫지 않았다. 아니, 오히려 친
밀감이 느껴져서 좋았다.

"무엇이냐?"

하여상은 기개세에게만큼은 미소를 아끼지 않았다. 그녀
는 앞섶을 여미면서 물었다.

"이제 나는 엄마의 둘째 아들이잖아요?"

"그렇지."

기개세는 여전히 무릎에 앉아 있는 하여상의 엉덩이를 가
볍게 두드리며 말했다.

"그렇다면 나도 낙성검가를 일으킬 의무가 있겠죠?"

"그렇게 생각한다면 고맙지."

"그래서 하는 말인데, 우리 낙양으로 이사 가요."

"응?"

하여상은 깜짝 놀라 눈을 동그랗게 떴다.

"나하고 형, 정아가 모두 대정숙에 들어가면 엄마 혼자 아

버지를 돌보느라 외롭고 힘들잖아요. 그러니까 대정숙이 있는 낙양으로 이사 가는 게 좋겠어요."

기개세는 유석과 유정이 대정숙에 입교하는 것이 기정사실인 것처럼 말했다.

"하지만 영아……."

그때 기개세는 말없이 하여상의 손에 무엇인가 차갑고 단단한 물체를 슬며시 쥐어주었다.

그리고는 그녀가 손 안의 물체가 무엇인지 확인하기도 전에 번쩍 안고 일어나서는 뺨에 부드럽게 입을 맞추고는 의자에 내려놓았다.

그는 집에서 모친에게 하듯이 하여상에게도 똑같이 대하고 있었다. 그녀를 양어머니, 아니, 모친으로 인정한다는 뜻이다.

기개세가 방을 나간 후에도 하여상은 닫힌 방문을 한동안 물끄러미 바라보았다.

방금 전까지 이 방에서 일어났던 일들이 한바탕 꿈을 꾼 것 같은 기분이었다.

잃어버렸던 것들을 다시 찾은 것 같기도 하고, 한 꺼풀 벗고 새로 태어난 느낌 같기도 했다.

한참이 지나서야 그녀는 자신의 손 안에 있는 물체를 생각해 내고는 천천히 손을 들어 올려 손바닥을 펴보았다.

그 순간 녹색의 영롱한 광채가 뿜어져 그녀의 두 눈동자를 녹색으로 물들였다.

'이것은…….'

손바닥 위에는 호두알 크기의 녹색 보석 하나가 눈부신 광채를 뿌리고 있었다.

과거 명문세가의 대부인이었던 하여상은 그것이 무엇인지 한눈에 알아보았다.

"맙소사! 녹주석(에메랄드)이라니……."

그녀는 예전에 녹주석을 본 적이 있었지만 이렇게 큰 것은 처음 보았다.

아마도 예전에 봤던 손톱만 한 것의 가치가 금화 천 냥으로 기억하고 있다.

그렇다면 호두알 크기의 이것은 그보다 다섯 배 정도 크니까 적어도 금화 오천 냥 정도는 할 것이다.

그녀는 혼비백산할 정도로 놀라서 가슴이 먹먹하고 정신이 하나도 없었다.

그러나 그녀는 보석의 가치를 잘 모르고 있다. 보석이란 크면 클수록 가치가 배가된다.

그러므로 실제 이 녹주석의 가치는 최소한 금화 삼만 냥은 될 것이다.

그녀는 녹주석을 가슴에 꼭 안고 기개세가 나간 방문을 바라보며 방울방울 눈물을 흘렸다.

"영아……."

지난 십여 년 동안 끼니를 거르고 남편의 약 한 첩 지을 각
전 몇 닢이 없을 때에도 울지 않았던 그녀가 놀라움과 기쁨,
그리고 감격으로 하염없이 울고 있었다.

第十六章

짐승! 어딜 봐?

대사부

그날 밤 낙성검가에서는 조촐한 연회가 벌어졌다.

병석에 누워 있는 낙성검가주 유당환을 제외한 가족 네 사람이 연회에 참석했다.

그 자리에서 하여상은 금기(禁忌)를 깼다. 평생 동안 한 방울도 마셔본 적이 없는 술을 마신 것이다.

술만 마신 것이 아니다. 유석과 유정으로선 한 번도 본 적이 없는 즐거운 표정과 명랑한 웃음소리로 두 사람을 놀라게 만들었다.

두 사람으로선 자세한 것은 알 수 없으나 기개세가 모친을 변하게 만든 원인 제공자일 것이라고 짐작했다. 기개세와 하여상이 밀담을 나눈 후에 그렇게 변했기 때문이다.

아니, 사실 두 사람은 하여상이 지난 한 달 동안에 기개세에게만은 유독 자신들에게도 드물게 보여주었던 미소와 친절함을 남발했다는 것을 잘 알고 있었다.

그러나 어쨌든 어머니가 밝아졌다는 사실은 좋은 일이다.

그렇지만 유석과 유정의 놀라움은 그것이 서막이었다.

기분이 몹시 좋아진 하여상은 생전 처음 마시는 술 때문에 얼굴이 발그레하게 달아올라 의자에서 일어났다.

"호호, 너희에게 발표할 것이 있단다."

모친 때문에 놀라기도 하고 또 기분이 한층 고조된 유석과 유정은 궁금한 얼굴로 하여상을 바라보았다.

그때 기개세가 빙그레 웃으며 말했다.

"엄마, 건배 한 번 하고 나서 발표해요."

'어, 엄마?'

순간 유석과 유정은 동시에 놀라서 눈을 동그랗게 떴다. 자신들은 코흘리개 시절에도 불러본 적이 없는 호칭이다.

"그럴까?"

그런데 한바탕 기개세를 꾸짖을 줄 알았던 하여상이 방그레 미소 지으면서 기개세에게 다가가 거리낌없이 그의 무릎에 살포시 앉는 것이 아닌가.

그리고는 왼팔로 기개세의 어깨를 감싸고 잔을 높이 들어올리며 소녀처럼 밝게 웃었다.

“호호홋! 건배!”

유석과 유정의 놀라움을 개의치 않고 기개세는 오른팔로 하여상의 허리를 안고는 왼손에 쥔 잔을 들어 그녀의 잔에 가볍게 부딪쳤다.

“하하! 건배!”

유석과 유정은 기개세와 하여상이 보여주는 너무도 파격적인 광경에 놀라서 턱이 떨어져 나간 듯한 표정을 지을 뿐이다.

만약 기개세가 하여상의 젖을 주물럭거리는 광경을 보게 된다면 기절초풍하고 말 것이다.

장난꾸러기 기개세는 이 자리에서 한번 그래 볼까 하는 마음이 살짝 들었으나 그만두었다. 오늘 밤의 주제는 그런 것이 아니기 때문이다.

유석은 곧 빙그레 미소를 지었다. 모친의 흐트러진 모습이 매우 보기 좋았다.

하여상은 유석 남매의 어머니이기 전에 여자이고 또한 인간이다. 그러므로 그녀에게도 세상을 즐겁게 살 권리가 있는 것이다.

여태까지의 그녀는 너무나 각박하게 살아왔으니 앞으로는 즐겁고 행복해졌으면 좋겠다는 것이 유석의 희망이었다.

그러나 한 사람의 여자, 더구나 어머니라는 위치를 이해하기에는 나이가 어린 유정은 그런 모습의 모친을 이해할 수 없다는 듯 매초롬한 표정을 지으며 기개세를 쏘아보았다. 모친이 저렇게 망가진 이유가 기개세에게 있다고 생각하는 듯했다.

"호호홋! 자! 중요한 발표를 듣고 싶으면 한 잔씩들 마셔라!"

한껏 기분이 고조된 하여상은 유석과 유정을 향해 잔을 들어 보이며 웃었다.

유석은 환하게 웃으며 즉시 잔을 들었고, 유정은 씁쓸한 얼굴로 마지못해 잔을 들었다.

그래도 모친이 무슨 발표를 하려는 것인지 궁금하여 단숨에 술잔을 비운 후 그녀의 얼굴을 빤히 주시했다.

술을 마시고 난 하여상은 얼굴에서 웃음을 지우지 않은 채 손으로 기개세의 머리와 뺨을 부드럽게 쓰다듬으면서 입을 열었다.

"너희를 대정숙에 보내기로 결정했다."

"……."

그러나 유석과 유정은 놀라지 않았다. 왜냐하면 잘못 들었거나 모친이 취했다고 생각했기 때문이다.

자신들이 대정숙에 갈 수 있을 리가 없다. 갈 만한 형편이 못 된다는 것을 누구보다 더 잘 알고 있는 그들이 아닌가.

하지만 마음속으로는 정말 대정숙에 가고 싶었다.

무가(武家), 더구나 지금은 비록 몰락했을지언정 당당한 명문세가의 자손인 그들이 대정숙에 가고 싶은 마음이 간절하지 않을 리가 없다.

대정숙에 입교하여 같은 또래의 수많은 청년들을 만나 우정을 쌓으면서 견문을 넓히는 것.

그리고 무림 최고라는 대정숙의 무학을 두루 배우고 익혀 지금보다 훨씬 강해지고, 이윽고 대정숙을 수료하여 드넓은 천하를 활보하면서 정의와 협의를 행하는 것이야말로 유석과 유정의 평생 소망이지 않은가.

그렇게만 된다면 몰락한 낙성검가를 번듯하게 일으켜 세우는 것은 그다지 어려운 일이 아닐 터이다.

문득 유석과 유정의 얼굴이 흐려졌다. 취한 하여상이 괜스레 자신들의 아픈 곳을 건드렸다는 생각이 든 것이다.

'주책이야.'

그래서 유정은 눈살을 찌푸리며 하여상을 흘기기까지 했다.

하여상은 유석과 유정이 자신의 말을 믿지 못하는 듯하자 잔을 내려놓고 부드러운 표정을 지으며 손짓을 했다.

"이리 오너라."

방금까지만 해도 명랑하던 하여상이 갑자기 차분해지자 유석과 유정은 조심스럽게 일어나 그녀에게 다가갔다.

가까이 다가오지 않고 쭈뼛거리는 두 사람을 하여상이 두 팔을 벌려 가만히 품에 끌어안았다.

그러자 유석과 유정은 깜짝 놀라 몸이 뻣뻣하게 굳었다. 철이 든 후에 모친이 자신들을 안아주는 것은 처음이기 때문이다.

하여상은 아들과 딸이 아니라 두 개의 통나무를 끌어안는 듯한 느낌이 들었다.

그러나 그들을 나무랄 일이 아니라 오히려 그녀 자신을 꾸짖어야 할 일이다.

기개세에게 했던 것처럼, 어째서 예전부터 이 아이들에게 따스하게 대해주지 못했는가 하는 자책과 후회가 밀물처럼 엄습하여 마음을 짓눌렀다.

"석아, 정아, 엄마가 잘못했다."

두 손으로 유석과 유정의 뺨을 어루만지면서 말하는 하여상의 두 눈에서 방울방울 눈물이 흘러내렸다.

"어머니……"

무언지는 모르지만 유석과 유정은 가슴이 뭉클하는 것을 느끼면서 눈이 뜨뜻해졌다.

하여상의 울음은 그치지 않았다. 아니, 눈물을 더 많이 흘렸고 목소리는 흐느꼈다.

"영아가 가르쳐 주었단다. 예전의 엄마가 너희에게 따스한 정을 주지 못했다는 사실을……. 미안하다… 미안하구나……."

그러면서 유석과 유정을 깊이 끌어안았다.

하여상의 몸이 가늘게 떨렸고, 그 떨림이 유석과 유정에게 전해지자 두 사람은 비로소 모친이 무슨 말을 하는 것인지 깨달았다. 아니, 몸으로 느꼈다.

네 사람이 한 덩이가 되어 있는 기묘한 자세다.

하여상은 기개세의 무릎에 앉아 유석과 유정을 끌어안고, 기개세는 두 팔을 벌려 하여상과 유정을 끌어안았다.

형제 없이 외롭게 자란 기개세는 형과 누이동생과 함께 보낸 지난 한 달이 정말 좋았다.

그는 지금 묘한 감정을 느끼고 있었다. 이들이 정말 자신의 가족 같다는 느낌이다. 사도구련 총련에 있는 가족하고는 또 다른 느낌의 가족인 것이다.

오른쪽으로 고개를 돌리면 얼굴이 하여상의 가슴에 파묻히고, 왼쪽으로 돌리니까 유정의 가슴에 파묻혔다.

엄마는 젖내와 엄마 냄새가 나면서 젖가슴이 포근하고, 누이동생은 상큼하고 풋풋한 향기에 얼굴이 튕겨질 정도로 탱글탱글했다.

'좋다.'

기개세는 눈을 감고 젖가슴에 얼굴을 비볐다. 그는 젖가슴이라고 하면 환장을 한다.

그리고는 너무도 기분이 좋아 잘근잘근 젖을 깨물면서 중얼거렸다.

"엄마, 젖 줘."

뜨악!

"이게 미쳤나?"

　순간 기개세는 머리가 쪼개지는 듯한 고통과 유정의 날카로운 호통 소리를 들었다.

　기개세는 하여상과 의자와 함께 바닥에 나뒹굴었다.

　그리고 유정은 손으로 한쪽 젖가슴을 움켜잡은 채 고통을 참으려고 애쓰며 악을 썼다.

　"어딜 깨물어? 죽여 버리고 말 거야!"

　엄마인 줄 알았더니 누이동생이었다.

　만약 하여상과 유석이 결사적으로 말리지 않았으면 유정은 기개세를 정말 죽였을지도 모른다.

　그는 두 사람 뒤에 숨어서 쪼개질 것 같은 머리를 문지르며 속으로 중얼거렸다.

　'끙! 어쩐지 탱탱하더라.'

　한바탕 소란이 가라앉은 후 하여상은 유석과 유정을 대정숙에 입교시킨다는 것, 그리고 낙성검가가 낙양으로 이사할 것이라는 계획을 자세하게 설명했다.

　하여상은 기개세가 금화 수천 냥 가치의 커다란 녹주석을 준 덕분이라는 말은 하지 않았다.

　그녀는 말하고 싶었으나 기개세가 말하지 말라고 부탁했기 때문이다.

　그런 부탁을 한 것은 별다른 이유가 있는 것이 아니라 그저 멋쩍을 것 같아서였다.

원래 그는 남을 위하는 일을 하고 나서 자신을 드러내는 것
을 좋아하지 않는 편이다.

하지만 유석과 유정은 자신들의 갑작스런 대정숙 입교에
다가 낙성검가가 낙양으로 이사까지 가는 것은 기개세가 커
다란 작용을 했을 것이라고 추측했다.

그렇지 않고는 이런 꿈같은 일이 일어날 수가 없다. 소도
언덕이 있어야 등을 비빈다고 하지 않던가. 낙성검가에겐 기
개세가 언덕인 셈이다.

그렇지만 하여상도 기개세도 내색을 하지 않고 있기 때문
에 유석과 유정은 기개세에게 고마움을 표할 수가 없었다.

죽을 때까지 대정숙 근처에는 가보지도 못할 것이라고 여
겼던 유석과 유정은 이 꿈같은 사실을 현실로 받아들이는 것
이 쉽지가 않았다.

두 사람은 하여상과 기개세의 얼굴을 번갈아 쳐다보고, 또
서로의 얼굴을 바라보다가 두 손을 마주 잡기도 하면서 서서
히 꿈을 현실로 맞이했다.

"어머니, 영아……."

나직이 말문을 여는 유석의 목소리가 마구 떨렸다. 그리고
는 말을 잇지 못했다. 무슨 말을 어떻게 해야 할지 떠오르지
않는 것이다.

겉으로는 냉정하지만 사실 속마음은 더없이 부드럽고 여
린 유정은 평소와는 달리 내심을 갈무리할 생각조차 하지 못

한 채 금방이라도 울 것 같은 표정을 지었다.

그녀는 기개세를 바라보며 눈빛과 얼굴 가득 한없이 고마운 표정을 지었다.

그녀가 바보가 아닌 이상 지금의 이 기적 같은 일이 기개세의 작품이라는 것을 모를 리가 없다.

문득 기개세는 머리가 욱신거리는 것을 느꼈다. 조금 전에 유정이 주먹으로 때린 머리 뒤쪽이 잊을 만하면 쪼개지는 것처럼 아파왔다. 유정이 살심을 품고 때리지 않고는 이렇게 아플 리가 없다.

'끙! 그까짓 젖 좀 물었다고 죽일 것처럼 때리다니……'

그는 얼굴을 찡그린 채 유정을 쳐다보았다. 마침 그녀도 그를 보고 있었으므로 두 사람의 시선이 마주쳤다.

유정은 찡그린 얼굴로 입술을 깨물고 있었다. 터져 나오려는 울음을 참으려고 애쓰는 것이다.

하지만 그것이 기개세에게는 인상을 쓰고 있는 것으로 보였다. '왜 쓸데없는 짓을 했어? 한 대 더 맞을래?'라고 그녀의 인상이 말하는 것 같았다. 물론 그럴 리는 없겠지만 말이다.

"엄마."

퍼뜩 무슨 생각이 난 기개세는 유정에게서 시선을 거두고 하여상을 바라보았다.

"왜 그러느냐?"

하여상의 목소리는 부드럽다 못해서 애교스럽기까지 했다.

"대정숙에는 나하고 형만 가는 것이 좋겠어요."

그 말에 유석은 가볍게 놀라고 유정은 뒤통수를 얻어맞은 것처럼 멍한 표정을 지었다.

조금 전에 대정숙에 입교하게 되었다는 말을 들었을 때와 비슷한 표정이다.

그러나 하여상과 유석은 기개세가 장난을 치기 시작했다는 사실을 즉각 알아차렸다.

하지만 천공에서 내리꽂히는 벼락을 직격으로 정수리에 적중당한 사람의 머리는 그다지 맑은 상태가 아니다.

유정은 기개세의 말을 곧이곧대로 받아들였다.

"네 생각이 그렇다면 그러자꾸나."

더구나 하여상마저 고개를 끄덕이면서 예뻐 죽겠다는 듯 기개세의 뺨을 쓰다듬었다.

"어, 어머니."

원래 장난은 전염성이 강한 법이다. 지난 한 달 동안 기개세의 장난의 피해자였던 하여상과 유석은 자신들도 모르는 사이에 장난의 묘미를 조금씩 터득하고 있었다.

"영아가 그러자고 하는 데에는 그럴 만한 이유가 있을 것이다. 어미는 영아를 믿는다."

유석은 터져 나오려는 웃음을 참으려고 목에 잔뜩 힘을 주며 고개를 끄덕였다.

"어떨 때 보면 영 아우의 생각이 매우 깊더군요."

기개세는 자못 진지한 얼굴로 유석을 쳐다보았다.

"아… 형의 안목은 진정 날카롭군. 형을 속일 수는 없겠어."

둘이서 찧고 까부는 말이 유정의 귀에는 먼 바닷가의 파도 소리처럼 들렸다.

휘익!

넋이 나간 듯 멍한 얼굴이던 그녀는 벌떡 일어나 나는 듯이 달려가 방을 나가 버렸다.

방문이 닫히는 것을 보고 유석과 하여상이 동시에 뭐라고 말하려는 것을 기개세가 손을 들어 제지하고는 짐짓 너스레를 떨었다.

"정아는 아직도 철이 없는 것 같아서 걱정이에요. 엄마가 집에 데리고 있으면서 잘 가르치세요."

하여상은 웃음이 터지려는 것을 겨우 참으며 대답했다.

"오냐. 그러마."

기개세는 하여상의 가슴에 얼굴을 묻고 몸부림을 치면서 눈물을 쏟으며 키득거렸고, 유석은 무릎에 얼굴을 묻고 도리질을 쳐댔다.

'나쁜 놈! 내가 철이 없다고? 집에 데리고 있으면서 잘 가르치라고?

방문을 나섰다가 등 뒤에서 그 소리를 들은 유정은 눈물을 펑펑 쏟으면서 눈을 하얗게 뜨고 방문을 흘겨보았다.

'내가 머리를 한 대 때렸다고 지금 저놈이 복수를 하는 게 틀림없어!'

기개세는 자신의 방으로 돌아와서도 방바닥에 퍼질러 앉아서 혼자 술을 마시고 있었다.

이제 내일 아침 동이 트면 대정숙이 있는 낙양으로 길을 떠나게 된다.

그는 히죽히죽 웃으면서 고개를 끄덕였다.

'잘한 거야. 암. 잘한 일이지.'

여태껏 살아오면서 나쁜 짓을 구 할 정도 했고 좋은 일을 일 할쯤 했다고 한다면, 이번에 한 일은 좋은 일 중에서도 제일 잘한 것 같다는 생각이 들었다.

게다가 여태까지는 전혀 관계가 없는 남들을 도왔는데 이번에는 새로 얻은 가족의 일이다. 그러니 더 마음이 뿌듯할 수밖에 없다.

문득 아까 방문을 박차고 달려나갔던 유정이 생각났다.

'계집애, 어디 오빠 머리를 죽으라고 쥐어박아?'

유정을 생각하니까 또다시 머리가 욱신거렸다. 내일 아침이면 나아질 듯했다.

그렇다면 유정은 내일 아침까지 혼자서 속병을 앓을 것이다. 그것은 둘째 오빠가 내리는 벌이다.

그러고 나서 '너도 대정숙에 같이 가자' 라고 자비를 베풀면 앞으로는 둘째 오빠에게 고분고분하겠지, 라고 상상하면서 기개세는 좋아서 혼자 키득거렸다.

이어서 그는 유정이 앞에 있기라도 한 것처럼 전면을 쏘아보면서 짐짓 근엄한 표정을 지었다.

"네 이년, 왔으면 무릎을 꿇고 예를 갖춰야지 어째서 가만히 있는 것이냐?"

뜨끔!

소랑은 가슴이 철렁 내려앉았다. 기개세가 자신을 똑바로 쏘아보면서 엄하게 꾸짖었기 때문이다.

사실 그녀는 기개세의 전면 일 장 거리 벽에 바짝 밀착되어 있는 상태다.

고도의 은신술을 전개했기 때문에 누가 보더라도 벽이라고만 여길 테지 그곳에 사람이 붙어 있으리라고는 상상도 하지 못할 것이다.

그런데 방금 기개세가 그녀를 똑바로 주시하면서 무릎을 꿇고 예를 갖추라고 호통을 친 것이다.

소랑은 극도로 긴장하여 눈도 깜빡이지 않고 기개세를 똑바로 주시했다.

'대공자가 내 존재를 감지했을 리가 없어.'

그녀가 알고 있는 대공자 기개세는 아무리 잘 봐줘도 삼류

무사도 되지 못하는 수준이었다.

그런데 낙성검가에 와서 한 달 사이에 일취월장하여 겨우 삼류무사 정도가 되었다.

그 실력으로 벽에 은신해 있는 소랑의 존재를 알아낸다는 것은 말도 되지 않는다.

소랑은 사부 요미선의 진전을 무려 오 할이나 이룬 요계의 일류고수다.

그녀가 마음만 먹으면 천하에서 몇 군데를 제외하곤 가지 못할 곳이 없으며, 일단 은신해 있으면 일류고수라고 해도 결코 찾아내지 못한다.

탁!

"어허! 이년이 그래도 예를 갖추지 않는구나! 네년이 진정 뜨거운 맛을 봐야지만 정신을 차리겠느냐?"

그때 기개세가 손바닥으로 바닥을 힘껏 내려치면서 언성을 높여 호통을 쳤다.

'들킨 게 틀림없어.'

소랑은 착잡하게 속으로 중얼거렸다. 기개세가 어떻게 자신의 존재를 감지했는지는 차후의 문제다.

이미 들켜 버렸는데도 나가지 않는다면 기개세 성격에 필경 난리가 벌어질 것이 분명하다.

'큭큭! 우선 이 정도로 꾸짖은 다음에 용서해 준다면서 자비를 베풀어야지. 그러면 앞으로는 나한테 설설… 엉?

내일 아침에 유정을 만나면 이렇게 저렇게 해야겠다고 나름대로 궁리를 하며 속으로 혼자 쾌재를 부르던 기개세가 갑자기 미간을 좁혔다.

전면의 벽이 꿈틀거리는가 싶더니 그곳에서 무언가 갈색의 물체가 툭 불거져 나오는 것을 발견했기 때문이다.

'뭐, 뭐야, 저건?

스사사…….

검은 물체는 채 제 모습을 갖추기도 전에 미끄러지듯이 기개세에게 접근하더니 바닥에 차려놓은 술상 건너편에 뚝 멈추었다.

그것은 아담한 몸집의 사람의 형체를 하고 있었는데 전체가 갈색으로 뒤덮였으며 눈도 코도 팔다리도 보이지 않았다.

스으.

그때 매미 날개처럼 얇은 갈색 천이 위에서부터 허물처럼 벗겨지면서 사람의 모습이 드러났다.

그녀는 피처럼 새빨간 홍의를 입고 있는 자그마한 체구의 소랑이었다.

그녀는 무릎을 꿇은 자세에서 두 손바닥을 앞으로 모아 바닥에 대고 공손히 고개를 숙였다.

"속하 소랑이 대공자를 뵈옵니다."

자그마한 체구지만 목소리는 얼음 굴에서 흘러나오는 냉기처럼 싸늘했다.

하지만 지금 그녀는 최대한 공손한 목소리를 내느라 제딴
에는 최선을 다하고 있는 것이다.

그러나 그녀는 고개를 들고 조심스럽게 기개세를 보다가
움찔하고 말았다.

기개세의 두 눈이 동그랗게 커지고 얼굴에는 놀라는 기색
이 역력하게 떠올라 있는 것을 발견한 것이다.

'설마……'

불길한 예감이 소랑의 머릿속을 뇌전처럼 스쳤다.

기개세는 손을 들어 소랑을 가리키면서 어이없는 표정을
지었다.

"너, 랑이가 아니냐?"

'악!'

순간 소랑은 시뻘겋게 달군 인두로 심장을 지진 듯한 비명
을 속으로 터뜨렸다.

기개세는 소랑의 존재를 모르고 있었던 것이 분명하다. 그
렇다면 조금 전에 그가 한 말은 무엇이란 말인가.

생각이 거기에 미치자 소랑은 조금만 더 버틸 것을 괜히 나
왔다는 후회가 밀물처럼 엄습했다.

영리한 기개세지만 소랑이 왜 갑자기 불쑥 나타났는지 알
까닭이 없다.

더구나 자신이 한 말 때문에 들킨 줄 알고 나왔을 것이라고
는 꿈에도 상상하지 못했다.

“네가 여기에는 웬일이냐?”

소랑은 일그러지는 표정을 기개세에게 들키지 않으려고 고개를 숙이고 어떻게 대답해야 할지를 궁리했다.

하지만 그녀는 기개세처럼 꼼수나 임기응변에 능하지 못하기 때문에 적당한 대답이 떠오르지 않았다.

소랑이 대답이 없자 기개세는 제일 먼저 떠오르는 생각을 말했다.

“집에 무슨 일이 있느냐?”

“아닙니다.”

겨우 표정을 정리한 소랑은 고개를 들고 조심스럽게 기개세를 보며 대답했다.

그렇지만 그녀는 평소에 늘 짓고 다니는 한 겹 살얼음이 깔린 듯한 표정을 되찾지 못했고, 그것이 기개세의 눈에는 이상하게 보였다.

“너, 내가 보고 싶어서 왔느냐?”

“저, 절대 아닙니다!”

순간 소랑은 꼬챙이에 찔린 것처럼 펄쩍 뛰면서 두 손을 맹렬하게 저었다.

기개세는 슬쩍 인상을 썼다.

“아니면 아니지 그렇게까지 펄펄 뛸 건 없잖아?”

“죄… 송합니다.”

자신이 생각해도 과민반응을 보였다고 생각한 소랑은 급

히 사죄를 했다.

그러는 그녀의 얼굴이 당황함으로 발갛게 상기되어 있었다. 아마 천하에서 그녀를 이처럼 당황스런 지경으로 몰아넣을 사람은 기개세밖에 없을 것이다.

'음! 또 병이 도졌어.'

그녀는 고개를 들지 못하고 속으로만 끙끙 앓았다.

그녀가 천하에서 가장 두려워하고 또 껄끄럽게 생각하는 사람이 바로 기개세다.

기개세하고는 아주 오랫동안 기억을 떠올리기조차 몸서리쳐지는 몹시 좋지 않은 관계였기 때문이다.

지금도 그 시절만 생각하면 자신도 모르게 온몸이 오그라드는 소랑이다.

예전에 소랑의 모친은 기개세의 모친인 한송연의 측근에서 시중을 드는 하녀였다.

형제가 없는 기개세는 하녀나 하인들의 자녀들과 어울려서 놀곤 했었는데, 그중에서도 특히 어린 소랑과 노는 것을 좋아했다.

지금의 기개세를 보면 어렸을 때 어땠는지를 어렵지 않게 짐작할 수 있을 것이다.

한마디로 그는 모든 사람들이 고개를 절레절레 가로저을 정도의 지독한 개구쟁이였다.

그리고 그가 주로 데리고 놀던 상대가 한 살 아래의 소랑이었으니 그녀가 얼마나 고초를 겪으리라는 것은 쉽게 짐작할 수 있을 것이다.

소랑의 어렸을 때 이름은 조랑(趙琅)이었다. 그랬는데 열 살 때 요미선의 제자로 발탁되고 나서 소랑이라고 개명을 한 것이다.

열 살까지의 소랑은 순진하기 짝이 없고 착해서 한마디로 기개세의 좋은 장난감이었다.

게다가 울보여서 걸핏하면 울음을 터뜨렸지만 한 번도 기개세의 말을 거역한 적도, 그의 못된 장난을 어른들에게 고자질한 적도 없었다.

하녀의 딸이 사도구련 련주의 제자가 된다는 것은 전례가 없을 정도로 크나큰 영광이고 개인의 운명과 신분이 급상승하는 굉장한 일이다.

하지만 어린 소랑에겐 마침내 기개세의 손아귀에서 벗어나 자유의 몸이 되었다는 사실이 더 큰 기쁨이었다.

그녀는 걸음마를 하기 전부터 하루 종일 기개세와 붙어서 살다시피 했다.

밥도 함께 먹었고, 한 목욕통 속에서 같이 목욕을 했으며, 일 년의 절반 이상을 한 침상에서 서로 끌어안고 장난을 치면서 잠도 같이 잤다.

기개세는 소랑이 하녀의 딸이라서 짓궂게 괴롭힌 것이 아니다. 그는 그녀를 누이동생처럼 대했으며 또 귀여워했고 예뻐했다.

그가 귀엽고 예쁘다고 한 갖가지 표현들이 소랑에게는 괴롭힘으로 전달됐을 뿐이다.

"그럼 무엇 때문에 왔느냐?"

기개세가 묻는 데에도 소랑은 고개를 들지 못했다. 지금 그가 어떤 표정을 짓고 있을지 짐작하기 때문이고, 그 표정을 보는 것이 싫기 때문이다.

과연 기개세는 소랑이 예상했던 것처럼 재미있는 새 장난감을 얻은 악동 같은 표정을 짓고 있었다.

"사부의 명으로 대공자의 호위를 맡았습니다."

소랑은 한시바삐 이 자리를 피하고 싶은 간절한 심정으로 여전히 고개를 숙인 채 빠른 말투로 대답했다.

'이제는 예전처럼 호락호락 당하지 않아!'

그러면서 속으로 자신에게 최면을 걸 듯 강하게 외쳤다.

"엄마의 주문이냐?"

"그렇습니다, 대공자."

"랑아, 예전처럼 오빠라고 불러라."

그러자 소랑은 번쩍 고개를 들고는 강하게 반발했다.

"그럴 수는 없습니다!"

"불러."

기개세는 점잖게 말했다.

"안 됩니다."

"누가 그러지 말라고 시켰느냐?"

"아닙니다."

"그럼 왜 그러느냐?"

"……"

소랑은 대답을 하지 않았다. 예전의 그녀라면 기개세의 물음에 대답을 하지 않는다거나, 그가 시키는 일을 거부한다는 것은 꿈도 꾸지 못할 일이다.

그런데 지금은 '오빠'라고 부르라는 말을 거부했고, 묻는 말에 대답도 하지 않는다.

그렇지만 기개세는 화를 내거나 신경질을 부리지 않는다. 그는 대단히 낙천적인 성격이라서 여간해서는 화를 내지 않는다. 물론 소랑에겐 한 번도 화를 낸 적이 없다.

소랑은 '오빠라고 부르기 싫다'라는 말이 목구멍까지 올라왔으나 도저히 입 밖으로 나오지 않았다.

그걸 말하지 못하면 기개세에게서 영원히 벗어나지 못할 것이라고 자신을 달래고 또 윽박질러 보지만 입 안에서만 맴돌 뿐이다.

"너……"

"둘째 오빠."

기개세가 무슨 말을 하려는데 갑자기 방문 밖에서 유정이 조용히 부르는 목소리가 들렸다.

기개세와 소랑은 동시에 방문을 쳐다보았다. 기개세는 태연하게, 소랑은 날카롭게 쳐다봤다는 점이 달랐다.

척!

그런데 기개세가 대답을 하기도 전에 방문이 열렸다.

사아아…….

순간 소랑이 기개세의 오른쪽에 있는 벽을 향해 앉은 자세 그대로 신형을 날렸다.

그것만이 아니라 쏘아가는 도중에 갈색의 얇은 은신용 천을 펼쳐서 몸을 가렸다. 실로 날렵한 동작이다.

원래 은신하고 있던 기개세 전면의 벽은 일 장 거리이고 지금 몸을 날린 오른쪽 벽은 반 장 거리라서 가까운 벽을 택한 것이다.

소랑이 벽에 밀착하여 은신을 하기도 전에 유정이 실내로 들어섰다.

그러나 유정은 들어서자마자 기개세를 쳐다보느라 그 옆의 벽이 미미하게 꿈틀거리는 것을 미처 발견하지 못했다.

"무슨 일이냐?"

기개세가 짐짓 위엄있는 얼굴로 말을 할 때 소랑은 완전히 벽과 일체가 되었다.

"할 말이 있어요."

유정은 조용히 말하면서 기개세에게 걸어왔다. 그런데 그녀의 목소리가 평소의 쌀쌀한 말투와는 달리 사근사근했고 게다가 존대를 하고 있었다.

기개세는 그녀가 밤늦게 무엇 때문에 자신을 찾아와서 공손히 존대를 하는지 대충 짐작했다. 아마도 대정숙에 데려가 달라고 부탁하려는 것일 게다.

"할 말 있으면 앉아서 해봐라."

그러나 유정은 앉지 않고 기개세의 왼쪽 옆 두 걸음쯤 떨어진 곳에 서 있었다.

기개세는 그녀를 힐끗 보고 나서 느긋하게 술을 마시며 내심 중얼거렸다.

'정아가 직접 찾아왔으니 이쯤에서 장난은 그만두고 자비를 베풀어야겠군.'

사르락.

그런데 그가 술잔을 입에 대고 고개를 젖히고 있을 때 옆에서 옷자락 소리가 들렸다.

"캑! 콜록! 콜록!"

무심코 옆을 쳐다보던 그는 깜짝 놀라 사레가 들려 술을 뱉으면서 격렬하게 기침을 하고 말았다.

유정이 하체의 은밀한 부위와 젖가슴만 속곳과 젖가리개로 가린 반라의 몸으로 다소곳이 서 있었기 때문이다.

그리고 그녀의 발아래에는 방금 벗은 옷이 흩어져 있었다.

"너……"

기개세는 너무나 놀란 나머지 입에서 술을 질질 흘리며 그녀를 쳐다보았다.

강심장인 그도 이 순간만큼은 너무나 놀라서 말이 제대로 나오지 않았다.

유정은 입술을 잘근잘근 깨물면서 복잡한 표정을 짓고 있다가 곧 비장한 결심을 한 듯 입을 열었다.

"둘째 오빠, 제 가슴을 마음껏 만져도 돼요."

사륵—

그러면서 바들바들 떨리는 손으로 젖가리개를 풀었다.

툭! 하고 산봉우리 같기도, 무르익은 복숭아 같기도 한 젖가슴이 찰랑거렸다.

"깨… 물어도 돼요."

아까 기개세가 자신의 젖가슴을 깨물었던 것을 기억하고 있는 것이다.

"너……."

기개세의 놀라움은 가시기는커녕 더 배가되어 여전히 말이 목구멍에서 막혔다.

유정의 표정이 체념으로 변했다.

"그리고… 둘째 오빠가 원하면……."

슥…….

하체의 은밀한 부위를 가렸던 가늘게 떨리는 손을 떼면서 말을 이었다.

"저를… 가져도 돼요."

기개세는 눈을 커다랗게 뜨고 입을 딱 벌리며 유정이 방금 손을 뗀 곳을 쳐다보았다.

한쪽 무릎을 살짝 구부린 채 다리를 모으고 있는 수줍은 듯한 자세인데, 눈처럼 흰 뽀얀 허벅지가 만나는 곳에 어린아이 손바닥만 한 하얀 천 조각이 가려져 있었다.

유정은 제딴에는 최대한 용기를 내고 있으나 부끄러움은 어쩔 수 없는지 엉덩이를 뒤로 빼고 있으니까 오히려 그 모습이 더욱 고혹적이다.

유정은 십육 세의 어린 나이지만 소랑하고는 달리 키도 크고 늘씬하며 발육 상태가 매우 좋은 편이라서 성숙한 여자의 몸을 거의 완성하고 있는 단계였다.

가녀리면서 동그랗고 자그마한 어깨와 탱탱하고 봉긋한 젖가슴, 한 줌밖에 되지 않을 듯한 가느다란 허리와 길고 곧게 뻗은 다리. 전체적으로 환상적인 조합의 몸매를 갖추고 있었다.

마치 백옥을 다듬은 듯한 그녀의 몸에서는 은은한 광채가 뿜어지는 것 같았다.

기개세는 유정의 몸에서 시선을 떼지 못했다. 감상하는 것이 아니라 놀랐기 때문이다.

그러자 유정이 조심스럽게 사뿐사뿐 그에게 다가왔다.

그녀의 아랫도리 속곳에 시선을 고정시키고 있던 기개세는 그녀가 걷는 바람에 살짝살짝 내비치며 보일 듯 말 듯한 그 어떤 모습에 입이 딱 벌어졌다.

“어…….”

그는 유정의 속곳에서 시선을 떼지 못했고 눈을 깜빡이지도 못했다.

쌍봉루의 설화쌍봉을 양쪽에 껴안고 수많은 밤을 보낸 그지만 그녀들의 젖가슴만 탐닉했을 뿐이지 이런 경우는 한 번도 없었다.

유정이 걸을 때마다 감질나게 조금씩 내비치는 음부 가장자리가 불빛에 반짝였다.

불끈!

순간 기개세는 무엇인가를 강렬하게 느꼈다. 몸에서 일어나는 변화다.

몸의 중심, 사타구니에 잔뜩 힘이 들어갔다. 음경이 더할 수 없이 단단해진 것이다.

‘뭐야, 이거?’

이상하다고 느끼면서도 그는 유정의 속곳에서 시선을 떼지 못했다.

사륵.

그러는 사이에 가까이 다가온 유정은 기개세 바로 앞에 단정하게 무릎을 꿇고 앉았다.

원래 여자는 용감하다. 더구나 뚜렷한 목적의식을 갖고서 그것을 관철시키려는 각오를 하고 있는 여자의 용기는 무엇보다도 강하게 마련이다.

두 사람의 거리는 한 뼘도 되지 않았다. 체온까지 느껴질 정도로 가까웠다.

기개세는 적잖이 당황하면서 유정의 몸에서 눈을 떼지 못했고, 유정은 얼굴이 확 달아올라 고개를 푹 숙였다.

그녀는 기개세의 시선이 닿는 자신의 몸에 소름이 돋는 것을 느끼며 기어드는 목소리로 겨우 입을 열었다.

"저… 저도 대정숙에 데리고 가주세요."

"……."

기개세는 대답하지 않았다. 정신이 아득해져서 무슨 말을 해야 할지 몰랐다.

그도 남자다. 더구나 혈기왕성한 십칠 세 소년이다. 수양이 강한 사람이라고 해도 이 지경에 처하면 견디지 못하는 법인데, 하물며 수양심이라고는 약에 쓰려고 해도 찾아볼 수 없는 기개세는 오죽하겠는가.

기개세가 대답이 없자 유정은 극도로 초조해져서 이 정도로는 그의 마음을 돌릴 수 없다고 판단했다.

갑자기 그녀는 몸을 일으켜 두 팔로 기개세의 목을 와락 끌어안고 몸을 밀착시키면서 간절하게 애원했다.

"둘째 오빠, 제발 저도 데리고 가줘요. 네?"

그 바람에 번쩍 정신을 차린 기개세는 유정의 가슴을 급히 떠밀었다.

확!

"이게 무슨 짓이냐?"

"앗!"

쿵!

유정은 뒤로 나자빠지면서 바닥에 차려 있는 술판에 다리를 활짝 벌린 채 벌러덩 누운 자세가 되고 말았다.

그러지 말아야 하는데도, 순간적으로 기개세의 시선은 다리를 벌리는 바람에 여태까지와는 다른 모습을 보이고 있는 유정의 음부에 이끌리듯이 고정되었다.

팔꿈치로 바닥을 딛고 상체를 일으키고 있는 유정은 심장에 화살이 꽂힌 듯 움찔 몸을 떨었다.

기개세가 자신의 음부를 간신히 덮고 있는 속곳을 뚫어지게 주시하고 있는 것을 발견했기 때문이다.

그 짧은 순간에 온갖 생각이 그녀의 머릿속을 가득 메웠다. 부끄러움과 수치심이 온몸을 휩쓸었다.

그러나 어떤 대가를 치르더라도 반드시 대정숙에 입교하고 말겠다는 간절함이 끝내 수치심을 눌렀다.

기개세만 허락을 하면 모친은 자연히 따를 것이다. 기개세가 어떻게 해서 모친을 쥐락펴락하게 되었는지는 중요하지 않다. 지금은 단지 그의 허락을 받는 것이 중요할 뿐이다.

그런 각오인 유정은 입술을 피가 나도록 깨물면서 두 무릎을 세우고 기개세를 향해 두 팔을 뻗어 받아들이는 듯한 자세를 취했다.

"어서 일어나라!"

순간 기개세가 눈을 부릅뜨더니 홱 고개를 돌리며 낮게 외쳤다.

"둘째 오빠."

그런데 기개세가 고개를 돌린 쪽이 공교롭게도 조금 전에 소랑이 몸을 숨긴 오른쪽 벽 쪽이다.

그의 눈에는 소랑이 보이지 않지만 소랑은 그를 보고 있을 것이다.

소랑이 여태까지 일어난 광경을 다 봤을 것이라는 생각이 들자 기개세는 약간 뜨악한 기분이 됐다.

하지만 지금 그가 신경을 써야 할 사람은 소랑이 아니라 유정이다. 어긋난 상황을 바로잡아야 한다.

유정은 두 팔꿈치로 바닥을 딛고 상체를 세운 자세 그대로 착잡하게 기개세를 바라보았다. 머리가 텅 빈 것처럼 아무 생각도 나지 않았다.

그녀는 자신이 몸을 맡기면 기개세가 덥석 응할 줄 알았다. 그가 젖가슴에 탐닉하는 것을 보고 색욕을 좋아한다고 생각한 것이다.

그래서 순결을 바치면 기개세가 그녀를 데리고 대정숙에 갈 것이라고 기대했다.

그런데 그는 그녀를 뿌리쳤다. 아니, 내던졌다. 그것은 대정숙에 갈 수 있는 기회가 사라졌음을 의미한다.

유정은 망연자실한 채 모든 의욕을 상실해서 몸을 추슬러야 한다는 사실도 잊고 있었다.

기개세는 다시 유정을 쳐다보았다. 단단했던 음경은 어느새 가라앉았고, 한순간이나마 그녀에게 품었던 음심은 말끔하게 사라진 상태다.

"정아, 나는 네 오빠고 너는 내 누이동생이다."

그의 목소리는 차분했고 어느 정도는 유석의 정의로움을 닮아 있었다.

"그렇지만 둘째 오빠는……."

유정이 울먹였다.

기개세는 손을 뻗어 유정을 일으켜 주며 부드럽게 말했다.

"네가 이렇게 하지 않아도 나는 너와 함께 대정숙에 갈 생각이었다."

"……."

유정은 한동안 그의 말이 무슨 뜻인지 잘 모르는 듯한 표정을 지었다. 그러다가 퍼뜩 정신을 차리고 머뭇거리며 조심스럽게 물었다.

"정… 말이에요?"

"그럼. 널 안 데리고 가면 누굴 데리고 가겠니?"

"꺄악! 둘째 오빠!"

와락!

"어엇?"

　순간 유정이 환호성을 지르며 덮쳐들 듯이 안기는 바람에 기개세는 그녀를 안은 채 뒤로 벌렁 자빠져서 누운 자세가 되고 말았다.

　하지만 유정은 그런 것에는 아랑곳하지 않고 그의 몸 위에 엎드려 몸을 바들바들 떨면서 기쁨을 만끽했다.

　"정말이지? 날 놀리는 거 아니지? 응?"

　그녀는 기개세의 얼굴을 똑바로 보면서 거듭 확인했다. 어느새 그녀는 다시 반말을 하고 있었다.

　"그래, 정말이야. 그건 그렇고, 좀 비켜줄래?"

　"아아… 꿈만 같아. 내가 대정숙에 가다니……."

　유정은 그의 말이 귀에 들어오지 않았다. 오히려 그의 뺨에 자신의 뺨을 비비며 몸부림치면서 너무도 좋아했다.

　너무나 기뻐서 자신이 아랫도리 속곳만 가린 거의 알몸이라는 사실도, 기개세의 몸 위에 엎드려 있다는 사실도 깨닫지 못했다.

　"고마워. 정말 고마워, 둘째 오빠."

　그러더니 두 손으로 기개세의 뺨을 붙잡고 입을 맞추었다. 무언가 기쁨과 감사의 표현을 해야겠다고 생각한 것이다.

　어찌고저찌고 할 새도 없이 두 사람의 입이 겹쳐지면서 혀가 하나로 뒤엉켜 버렸다.

　유정은 이것을 단지 자신의 기쁨을 표현하고 기개세에게 감사하는 마음을 전하는 행동이라고만 여겼다.

젖먹이가 어머니의 젖을 빨듯이 그녀는 힘차게 기개세의 혀를 빨았다.

그러다가 어느 순간 뚝 멈추고 그의 혀를 놓아주고는 얼굴을 들었다.

얼굴이 잘 익은 능금처럼 새빨갛게 달아오른 그녀는 기개세가 눈을 질끈 감고 있는 것을 굽어보았다.

그러다가 그의 귀에 입술을 대고 새근거리는 소리로 속삭였다.

"오빠라면서 누이동생에게 이런 반응을 보여도 되는 거야?"

"정아, 나, 나는……."

그의 음경이 다시 단단해져서 유정의 그곳을 강하게 찌르고 있었던 것이다.

유정은 발딱 일어나 그를 굽어보며 하얗게 눈을 흘겼다.

"엉큼해."

순간 그녀는 기개세가 자신의 속곳을 빤히 올려다보고 있는 것을 발견했다. 마치 눈빛이 화살이 되어 속곳을 찌르는 듯한 강렬한 느낌마저 받았다.

벌떡 일어서는 바람에 그의 가슴께에서 다리를 벌리고 서 있는 자세가 돼버렸으니 누워 있는 기개세로선 어찌 흥분하지 않겠는가.

유정은 기개세의 눈이 붉게 충혈되고 반쯤 벌어진 입에서

침이 흘러나오는 것을 보고는 날카롭게 소리를 지르며 옷이
있는 곳으로 달려갔다.

"이 짐승! 어딜 보고 있어?"

이어서 그녀는 놀랍도록 빠르게 옷을 입고는 바람처럼 방
을 나가 버렸다.

第十七章

절대신검(絕對神劍)

대사부

한바탕 난리를 치른 기개세는 자정이 조금 넘어서야 침상에 누웠다.

오늘은 많은 일을 치르고 또 겪었기에 몹시 피곤해서 뒷머리가 베개에 닿자마자 잠이 쏟아졌다.

그러나 그전에 할 일이 있다는 것을 그는 잊지 않았다.

"랑아, 이리 와서 자라."

아직도 벽에 은신해 있는 소랑이 염려가 됐다. 기개세가 잠들면 그녀는 그 상태 그대로 잠을 잘 것이다. 그러나 그것은 자는 게 아니라 눈을 붙이는 것에 불과하다.

소랑이 근처에 있다는 사실을 몰랐으면 모르되 알고 있는

데도 모른 체할 수는 없는 일이다.

소랑에게서 아무런 반응이 없자 기개세는 눈을 감은 채 다시 중얼거렸다.

"첫째, 내가 너의 존재를 알고 있는데 구태여 떨어져 있을 필요가 없다는 것. 둘째, 가까이에 있으면 나를 좀 더 잘 보호할 수 있다는 것. 셋째, 이왕이면 편하게 자는 게 좋다는 것. 네가 여기에서 자야 하는 이유를 더 대볼까?"

잠시 후 사르락 소리가 미약하게 흐르더니 소랑이 나타나 소리없이 침상으로 올라와 기개세 옆에 누웠다.

기개세가 한 말은 옳다. 그가 소랑의 존재를 알게 되었는데 구태여 벽에 은신한 상태로 불편한 잠을 청할 이유가 없는 것이다.

소랑은 기개세와 수많은 밤들을 같이 잤기 때문에 동침을 하는 것에는 조금도 거부감이 없다.

육 년 만에 기개세와 함께 자는 것이지만 그녀는 조금도 어색하거나 긴장하지 않았다.

"드르렁! 푸우!"

옆에서 기개세의 코 고는 소리가 자장가처럼 들려왔다.

다음날 아침에 기개세는 한 달여 동안 정들었던 낙성검가를 출발하게 되었다.

그런데 그는 혼자다.

하여상과 유석, 유정이 낙성검가를 정리하고 나서 부모를 모시고 함께 출발하자는 것을 기개세가 뿌리치고 혼자 출발하게 된 것이다.

원래 그는 흑의를 좋아하는데 아침밥을 먹고 나자 하여상이 한 벌의 백의를 내놓았다. 그에게 입히려고 그녀가 한 땀한 땀 공들여서 직접 지은 옷이다.

기개세는 백의를 별로 좋아하지 않는다. 특별한 이유는 없다. 워낙 조심성이 없는데다 덤벙거려서 옷이 금세 더러워지기 때문이다.

그렇지만 하여상이 직접 지어준 옷이라서 뿌리칠 수 없어 입혀주는 대로 가만히 있었다.

그가 십여 년 동안 한 번도 깨어난 적이 없는 양아버지 유당환에게 큰절을 올리고 전문을 나서자 하여상과 유석, 유정이 배웅을 나왔다.

하여상과 유석이 기개세에게 여행에 도움이 될 만한 조언과 조심을 당부하고 나서 물러났는데도 유정은 고개를 숙이고 옷자락을 만지작거리기만 할 뿐이다.

유정은 대정숙에 입교하게 되었다고 아침 내내 명랑하게 웃으면서 재잘거렸지만 기개세하고 눈이 마주치기만 하면 당황해서 급히 외면을 하거나 얼굴을 붉히며 고개를 숙이기에 바빴다.

아마도 어젯밤에 있었던 일 때문일 것이다. 순결을 줄 테니까 대정숙에 데려가 달라면서 옷을 벗고는 기개세와 별별 해괴한 짓을 다 했으니 어찌 그의 얼굴을 똑바로 바라볼 수 있겠는가.

그렇지만 그 일이라면 기개세는 이미 까맣게 잊어버렸다. 유정이 지난밤 일 때문에 그러려니 하고 생각은 하지만 비윗살 좋은 그는 아무렇지도 않게 유정을 대했다.

"하하! 정아! 오빠 먼저 갈 테니까 중간에 그 약속 장소에서 만나자!"

기개세가 껄껄 웃으며 손을 흔들자 유정은 살짝 고개를 들고 핼끔 쳐다보고는 다시 급히 고개를 숙였다.

"그럼 가겠습니다!"

기개세는 씩씩하게 외치고는 관도를 성큼성큼 걸어갔다.

하여상과 유석, 유정은 전문 앞에 오랫동안 서서 바라보고 있었으나, 기개세는 저 멀리 관도가 구부러지는 산모퉁이에 이르러 더 이상 모습이 보이지 않게 될 때까지 한 번도 돌아보지 않았다.

"못됐어, 돌아보지도 않다니……."

유정은 그렇게 차갑게 중얼거리고는 장원 안으로 횡하니 들어가 버렸다.

평소에도 황량하기만 하던 정원이 오늘따라 더 을씨년스럽게 느껴졌다.

'나쁜 놈!'

그녀는 입술을 잘근 깨물며 속으로 기개세를 욕했다.

이상하게도 가슴이 저리는 듯한 슬픔이 엄습했다. 마치 사랑하는 정인(情人)을 떠나보내면서 애별리고(愛別離苦)를 앓는 듯한 기분이다.

'미쳤어? 그딴 놈은 안중에도 없어. 흥!'

자신의 그런 마음을 눈치챈 유정은 코가 떨어질 듯 냉소를 쳤다.

*   *   *

"야압!"

픽!

"으악!"

한적한 관도에서 기합 소리와 무언가 둔탁하게 부딪치는 소리, 그리고 비명 소리가 한꺼번에 터져 나왔다.

그 소리는 한두 번이 아니라 벌써 반 시진 넘게 끊임없이 터지고 있는 중이다.

그것은 기개세가 관도를 걸어가면서 길가의 나무를 손바닥으로 힘껏 가격하고는 손이 끊어질 듯한 아픔에 비명을 지르는 소리였다.

반 시진 동안 그는 평균 열 호흡에 한 차례씩 길가의 나무를 오른손으로 온 힘을 모아 가격했다.

지금까지 족히 수십 번은 그 짓을 반복했으며 그 수십 번이 제각기 다른 방법이었다.

지금 그가 이러고 있는 이유는 자신의 오른손에 얽힌 비밀을 풀기 위해서다.

그는 구화산 천신동에서 설인검으로도 흠집조차 낼 수 없었던 백옥처럼 흰 둥근 벽면을 오른손으로 박살 내서 탈출한 적이 있다.

그것뿐이라고 해도 이상한 일인데, 얼마 전에는 광화현에서 유정을 죽이려고 하던 장한에게 다급하게 손을 뻗었더니 손바닥에서 눈부신 광채가 뿜어지고는 장한의 머리가 얼음이 되어 부서져 버렸다.

낙성검가에 있었던 한 달 동안 내내 그는 그 두 가지 일을 한시도 잊은 적이 없었다.

그래서 이따금 자신의 손을 자세히 들여다보기도 하고 공력을 일으켜서 이리저리 자세를 취하거나 휘둘러보기도 했으나 아무런 변화도 일어나지 않았다.

하지만 낙성검가의 성명무공과 학문을 배우느라 틈을 내기가 어려워서 손이 옥수(玉手)로 변했던 일에 대해서 제대로 깊이 있는 생각이나 행동을 취하지 못했다.

그래서 낙성검가를 출발하여 산모퉁이를 돌아서자마자 곧바로 그 비밀을 풀기 위해서 여러 가지 방법을 동원하여 오른손 손바닥으로 길가의 나무를 가격하고 있는 것이다.

"으으… 우라지게 아프군."

그는 오른손을 움켜잡으며 오만상을 썼다. 손바닥이 찢어지고 까지고 벌겋게 퉁퉁 부은 모습이다. 몇 번만 더 했다가는 거덜이 나고 말 것 같았다.

손의 통증이 웬만큼 사라질 때까지 그 자리에서 오줌 마려운 강아지처럼 끙끙거리면서 맴돌았다.

그러고 나서 길가의 나무 그루터기에 앉아서 곰곰이 원인 분석에 몰두했다.

'그때는 왜 느닷없이 그런 괴이한 일이 벌어졌던 것이지? 그런데 왜 지금은 안 되는 거냐고. 젠장!'

도무지 이유를 알 수가 없다.

유정을 구할 때에는 풍전등화의 위기 상황이었지만, 천신동에서는 그렇지 않았다. 절실하긴 했어도 위기 상황이라고 할 수는 없었다.

'절실함과 다급함이라……'

갈 길이 먼데도 그는 시간 가는 줄 모르고 그 자리에서 점점 더 깊은 생각에 빠져들었다.

광화현에서 낙양까지는 육백여 리의 먼 거리다. 광화현에서 배를 타고 한수를 거슬러 올라 이관교(李官橋)까지 가서, 그곳에서부터는 육로로 가야 하는데 하루에 육십여 리씩 간다고 해도 열흘이나 걸리는 먼 길이다.

그런데도 그는 낙성검가에서 광화현으로 가는 관도의 길

가에 앉아서 생각에 몰두하느라 도끼 자루 썩는 줄을 모르고 있다.

원래 그는 깊은 생각을 하지 못했다. 어떤 한 가지 생각에 골몰할라 치면 머리에 쥐가 나고 온몸이 뒤틀리며 좀이 쑤셔서 미쳐 버릴 지경에 이른다.

하지만 그것은 그의 착각이었다. 지금 그는 비단 깊은 생각에 골몰하고 있을 뿐만 아니라 한 시진 동안이나 자세조차 흐트러지지 않고 있는 중이다.

사실 예전의 그는 자기 자신에 대해서 잘 모르고 있었다. 하오배나 건달들하고만 어울리다 보니까 그럴 만한 상황에 처해본 적이 없었던 것이다.

예외가 있다면 구화산 단혼애에 추락했을 때와 천신동에 들어갔을 때였다.

그곳에서 그는 자신도 모르고 있던 여러 성격이나 능력들을 새롭게 발견할 수 있었다.

그래서 그는 자신이 그때까지 알고 있던 자신의 모습이 진짜가 아니라는 사실을 깨닫게 되었다.

"좋아."

한 시진 만에야 그는 생각을 끝내고 고개를 끄덕였다.

오랜 장고 끝에 네 가지 결론에 도달할 수 있었다.

첫째, 그가 구화산 천신동에서 직접 입으로 마신 액체는 만년혈천수다.

사부 독고성이 남긴 서찰에는 만년혈천수와 만년옥정유, 그리고 내단을 복용하라고 적혀 있었는데, 기개세는 그중 두 가지를 복용했으나 만년옥정유는 본 적이 없었다.

독고성 옆 석대에 놓여 있던 열매 같은 것이 내단일 것이고, 벌컥벌컥 들이켰다가 몸이 홀라당 타버릴 것 같았던 액체가 만년혈천수일 것이다.

정확히는 모르지만 뜨겁다는 것이 '혈천' 이라는 이름에 어울린다는 생각이 들었다.

둘째, 만년옥정유라는 것은 오른손으로 흡수되었을 것이다. 그는 천신동을 샅샅이 뒤져 봤으나 만년옥정유라고 할 만한 액체를 보지 못했다.

하지만 오른손 손끝으로 차가운 액체의 느낌을 받았었는데 그것을 마시려고 하니까 감쪽같이 사라지고 말았다.

그렇다면 오른손으로 흡수됐을 것이라는 가능성뿐이다. 그 당시의 느낌과 이후 오른손이 발휘하고 있는 무시무시한 괴력을 생각해 보면 충분히 그렇게 생각할 수밖에 없다.

셋째, 오른손이 옥수로 변해서 괴력을 발휘하는 것은 오른손에 흡수된 만년옥정유 때문일 것이다. 그것이 아니고는 다른 것은 생각할 만한 것이 전혀 없다.

또한 위급하거나 절박한 순간에 오른손이 옥수로 변한다. 하지만 그 이유는 알 수가 없다.

넷째, 사부 독고성의 내단과 마찬가지로 만년옥정유와 만년혈천수를 다스리려면 천신록의 천궁신결을 익혀야만 한다.

"그렇다 이거지?"

창!

갑자기 그는 벌떡 일어나더니 어깨에 메고 있는 헝겊으로 싼 천신검을 풀어서 뽑고는 길가의 한 그루 거목 앞으로 성큼성큼 걸어가서 멈추었다.

휘잉!

이어서 공력을 끌어올려 온 힘을 쏟아 다짜고짜 거목의 밑동을 가로로 그어버렸다.

팍!

어른이 두 팔을 벌려 족히 세 아름은 됨 직한 거대한 거목이 단칼에 뎅겅 잘라져서 한쪽으로 묵직하게 기울어졌다.

그드등!

순간 기개세는 거목이 쓰러지는 쪽으로 재빨리 달려갔다. 자신에게 쓰러지면 피해야 할 판국에 오히려 쓰러지는 방향으로 달리는 것이다.

그우우!

그는 자신을 향해 육중하게 쓰러지는 거목을 올려다보며 히죽 미소 지었다.

"이것보다 더 절박하고 다급한 상황이 어디 있겠어?"

절박하고 다급한 상황에서만 오른손이 옥수가 되어 괴력

을 발휘한다는 결론을 내렸기 때문에 쇠뿔도 단김에 뺀다고 당장 시험을 해보는 것이다.

콰우우!

일단 힘을 받은 거목이 맹렬한 속도로 쓰러졌다.

기개세는 천신검을 재빨리 왼손으로 옮겨 잡고 오른손에 잔뜩 힘을 주었다.

그리고는 이 장 반 높이까지 쇄도한 거목을 향해 손바닥을 활짝 펼친 오른팔을 힘차게 위로 뻗었다.

공력을 주입하진 않았다. 오른손이 옥수가 되고 또 투명 광채가 뿜어지는 현상이 만년옥정유 때문이지 공력하고는 무관하다고 생각하기 때문이다.

휘익!

그러나 손바닥에서는 광채는커녕 나뭇잎 하나 팔랑거리게 할 손바람조차 뿜어지지 않았다.

"엇? 이러면 안 되는데?"

그는 급히 오른팔을 움츠렸다가 재차 거목을 향해 힘차게 뻗었다.

휘익!

그러나 역시 마찬가지다. 오른손은 옥수로 변하지 않았을 뿐더러 그냥 퉁퉁 부어 있는 모습 그대로다.

"이런 빌어먹을!"

욕이 저절로 튀어나왔다.

휙! 휙! 휙!

"야압! 돼라! 제발 좀 뭔가 뿜어져 봐라!"

그는 다급한 표정으로 거목을 향해 미친 듯이 연이어 오른손을 뻗었다.

콰아아!

거목은 이제 기개세의 머리 위 일 장 거리까지 쇄도했다. 지금이라도 죽을힘을 다해서 몸을 날린다면 간신히 목숨은 건질 수 있을지도 모른다.

하지만 그는 피할 생각 따윈 하지 않았다. 자신이 내린 결론에 목숨을 걸었기 때문이다.

사내가 믿을 것은 하나뿐이다. 자기 자신을 믿지 못하면 얘기는 끝난 게 아닌가.

가까이에서 보니까 거목이 집채만 한 바위처럼 거대하게 보였다. 깔리면 뼈조차 못 추릴 것이 분명했다.

'이런 염병할! 내 생각이 틀렸단 말인가?'

콰아아!

이젠 피하기도 글렀다. 거목이 그의 머리 위 두어 자 거리에서 굉음을 내며 덮쳐들었다.

"으아아! 빌어먹을 것아! 좀 돼라!"

그는 발악을 하듯 오른손을 머리 위로 힘껏 뻗었다.

그러면서 눈을 잔뜩 부릅뜨고 오른손을 쏘아보았다. 만에 하나 오른손이 옥수로 변해 광채가 뿜어진다면 똑똑히 보려는 의도다.

쩌쩌쩡―!

그리고 그 순간 그는 분명히 봤다.

찰나지간에 자신의 오른손이 손목까지 투명하게 변하면서 손바닥에서 눈부신 투명 광채가 일직선으로 뿜어지는 놀라운 광경을.

뿜어지는 것과 동시에 투명 광채는 거목을 휩쓸었으며, 그 순간 거목이 산산조각 나서 허공으로 흩어졌다.

꾸웅!

오른팔을 위로 뻗은 채 서 있는 기개세의 앞뒤에서 지축을 울리는 육중한 음향과 함께 거목이 쓰러졌다.

거목의 중간 부위가 반 장가량 산산조각 나서 잘라져 나갔고, 그 덕분에 기개세는 아슬아슬하게 깔리는 것을 모면할 수 있었다.

"옥수다."

그러나 그는 자신이 구사일생으로 살아났다는 사실을 모르는 듯 옥수로 변해 있는 오른손을 올려다보면서 빙그레 미소를 지었다.

"후후, 그리고 분명히 봤다."

오른손 손바닥에서 백옥 빛의 투명 광채가 발출되어 거목에 적중, 순식간에 거목이 산산조각 나서 흩어지는 광경을 똑똑히 목격했다.

'절대신검(絕對神劍)!'

암중에서 하나의 눈이 번뜩였다.

그의 시선은 관도에 서 있는 기개세의 왼손에 쥐어져 있는 한 자루 검에 뚫어지게 고정되어 있었다.

암중에서 눈을 번뜩이며 기개세의 검을 보고 있는 인물은 한 명이 아니라 도합 셋이다.

그들은 한 가지 일상적인 임무를 끝마치고 자파로 귀환하는 길에 우연히 '절대신검'을 발견한 것이다.

그들은 낮에는 절대 관도로 다니지 않는다. 밤이라고 해도 아무도 없어야 관도를 이용한다. 자신들의 모습을 외부인에게 드러내지 않기 위해서다.

그런 그들이 우연히 전설적 대영웅의 성명무기인 절대신검을 발견한 것이다.

번뜩이는 눈의 주인은 내심 무거운 신음을 흘렸다.

'음! 절대신검은 천검신문 문주의 성명무기이거늘……'

그는 절대신검을 왼손에 쥐고 있는 기개세를 긴장된 표정으로 자세히 살펴보았다.

그는 관도를 가로질러 쓰러져 있는 거목 한가운데에 우두커니 서 있었다.

머리 위를 향해 쭉 뻗고 있는 오른팔, 아니, 손바닥을 뚫어지게 주시하고 있었다.

암중의 인물은 안력을 돋우어 소년의 오른손을 쳐다보았다. 그러나 손바닥이 찢어지고 퉁퉁 부었을 뿐 별다른 점은 보이지 않았다.

그는 조금 전에 숲 속을 달리고 있던 중에 갑자기 육중한 물체가 땅에 쓰러지는 소리를 듣고 이곳으로 달려왔다가 절대신검을 발견했기 때문에 기개세가 오른손을 옥수로 만들어 거목을 부수는 광경을 보지 못했다.

이어서 그는 기개세의 모습을 자세히 살펴보았지만 아직 어린 나이에 키가 크고 체격이 건장하며 준수하다는 것뿐, 천검신문의 문주 같지 않았다.

'놈을 제압하고 절대신검을 탈취한다!'

결국 암중의 인물은 그렇게 결정하고 즉시 주위에 있는 두 명의 수하에게 전음으로 명령을 내렸다.

기개세가 쳐다보고 있는 동안 오른손은 옥수에서 평범한 퉁퉁 부은 손으로 변했다.

'정말 신기하군.'

그는 손을 거두며 속으로 중얼거렸다. 무엇보다도 자신이 오랜 생각 끝에 얻어낸 결론이 들어맞았다는 사실이 기분 좋았다.

그러나 그는 곧 가볍게 인상을 썼다.

'하지만 그토록 다급한 상황에서만 오른손이 옥수로 변해

서야 어디 쓸모가 있겠나?'

이어서 고개를 갸웃거렸다.

'다급한 상황이라…….'

그러다가 반색하는 표정을 지었다.

'그걸 인위적으로 만들어내면 어떨까?

말하자면 '다급한 상황' 이 아니라 '다급한 심정' 을 스스로 만들어내자는 것이다.

'음! 그렇다면 어디 절박했던 기억을 떠올려 보는 거야.'

그는 지그시 눈을 감고 자신이 여태까지 살아오는 동안에 위험에 처했거나 목숨이 위태로웠던 일들을 하나씩 기억해 보았다.

그러나 구화산 단혼애에 추락하기 전까지의 삶은 위험이나 절박함하고는 거리가 멀었다.

반면에 단혼애에 추락한 이후에는 시시각각, 그리고 한 걸음 한 걸음마다 위험천만한 상황의 연속이었다.

그래서 그곳에서의 상황 중에서도 가장 절박했던 몇 가지를 추려냈다.

단혼애에서 추락하던 상황, 그리고 거대한 구렁이 아가리에 머리가 통째로 삼켜졌던 일, 천신동으로 급전직하 추락하던 것, 마지막으로 만년혈천수를 마시고 온몸이 용광로에 빠진 듯 불타던 네 가지 상황이다.

"으음… 음……."

그는 눈을 질끈 감은 채 주먹을 불끈 쥐고 그 네 가지 상황을 번갈아서 머릿속에 떠올리며 그때의 절박했던 상황이 되려고 애를 썼다.

그런데 쉽지가 않다. 네 가지 상황을 번갈아 생각하니까 헷갈려서 머리만 복잡해졌다.

'한 가지만 생각하자, 한 가지만. 그래. 구렁이에게 잡아먹히려던 상황이 좋겠다. 우움.'

얼마나 생각에 몰두했는지 눈을 꼭 감고 어금니를 악문 채 온몸을 부들부들 떨어댔다.

열 호흡쯤 지났을 때, 한순간 그는 번쩍 눈을 뜨면서 허공을 향해 오른손을 재빨리 쳐들었다.

'됐다.'

그 순간 그는 전면의 허공에서 하나의 검은 인영이 자신을 향해 곧장 쏘아오고 있는 것을 발견했다.

"엇?"

검은 인영은 기개세의 일 장까지 쇄도하고 있는 중이었고, 한 자루 푸르스름한 도를 머리 위로 치켜든 자세다.

그 광경을 보고 기개세의 뇌리에 순간적으로 떠오른 생각은 검은 인영이 자신을 죽이려 한다는 사실이었다.

생판 모르는 자가 무슨 이유로 자신을 죽이려고 하는지 궁금하게 여길 겨를조차 없다.

물어본다고 해도 대답해 줄 것 같지도 않고, 멈추라고 해도 멈출 기세가 아니다.

패애액!

기개세가 놀라서 처다보고 있는 사이에 어느새 반 장까지 쇄도한 검은 인영이 깨끗하고도 위력적인 솜씨를 발휘하며 세로로 도를 그어 내렸다.

기개세로서는 생전 처음 보는 도법이며, 그 도가 겨누고 있는 것은 그의 정수리다.

그때 퍼뜩 기개세의 뇌리를 스치는 것이 있었다. 자신이 방금 전까지 머릿속으로 위기 상황을 극도로 조성하여 옥수를 만들려고 애쓰고 있었다는 사실이다.

"이런 빌어먹을! 도대체 넌 뭐냐!"

순간 그는 검은 인영을 향해 벼락같이 우수를 힘껏 뻗으며 고함을 질렀다.

옥수로 변해서 투명 광채가 뿜어질지 아닐지는 그로서는 알 수가 없다.

모든 것은 운에 맡기는 수밖에. 만에 하나 투명 광채가 뿜어지지 않으면 영문도 모른 채 도에 정수리가 쪼개져야만 하는 상황이다.

번쩍!

순간 그의 우수 손바닥에서 그토록 고대하던 투명 광채가 섬전처럼 발출되었다.

검은 인영이 이미 반 장까지 쇄도하면서 기개세의 정수리

를 향해 도를 내리긋고 있다고 해도 투명 광채보다 빠를 수는
없다.

파아—

두 손을 둥그렇게 말아서 원을 만들었을 때의 굵기 정도인
투명 광채가 검은 인영의 가슴 부위를 관통, 아니, 흡수됐다
가 등 뒤로 빠져나갔다.

찰나 무서운 기세로 돌진하던 검은 인영의 몸이 허공중에
서 뚝 정지했다.

“해, 해냈다!”

기뻐하는 기개세의 두 눈에 검은 인영의 가슴 한복판이 찰
나지간 둥그렇게 백옥처럼 변하더니 갑자기 가슴 전체가 새
하얗게 변하는 것이 비쳐졌다.

퍼억!

다음 순간 검은 인영의 몸이 폭발했다. 아니, 목 아래와 배
윗부분, 즉 가슴 부위가 얼음으로 화해 산산조각 나면서 허공
중에 흩어지며 그자의 몸이 두 동강 나버렸다.

“멋있다.”

기개세는 황홀한 표정을 지으며 감상하듯이 그 광경을 쳐
다보았다.

키이이.

그때 뒤쪽 좌우에서 기이한 음향이 들려오자 그는 움찔 놀
라며 다급히 몸을 돌렸다.

그리고는 얼굴에 놀라움이 가득 떠올랐다. 방금 가슴이 얼음으로 화해서 죽은 자와 똑같은 복장을 한 두 명이 좌우 허공에서 공격해 오는 광경을 발견한 것이다.

두 명 중에 한 명은 우두머리로서 검고 짧은 피풍의(避風衣)를 상체에 걸쳤으나 위급 상황에 처한 기개세의 눈에 보일 리 만무하다.

세 명의 검은 인영은 일개 편각(片角:조보다 작은 단위 조직)에 속한 자들이고, 피풍의를 걸친 자가 편각장(片角長)이다.

이들의 공격 방식은 주로 급습이며, 여러 방법이 있는데 그중에서 지금 전개하고 있는 공격 수법, 즉 세 명이 반 호흡의 시간차를 두고 공격하는 방식을 가장 선호한다.

그런 공격 방식은 제일번 공격수가 실패하더라도 곧이어 제이번, 제삼번 공격수가 숨 쉴 틈 없이 공격을 가하기 때문에 표적을 쉽사리 공략할 수 있다.

기개세는 길게 생각할 겨를도 없이 오른쪽에서 이미 일 장 거리에서 공격해 오는 검은 인영을 향해 손바닥을 활짝 펼친 오른손을 번개같이 뻗었다.

그 광경을 보고 쏘아오던 검은 인영이 움찔했다. 방금 전에 제일번 공격수가 기개세에게 어떻게 당했는지 똑똑히 목격했기 때문이다.

그렇지만 기개세의 장심에서는 아무것도 뿜어지지 않았다.

'이런 빌어먹을! 왜 또 안 되는 거야?'

아마도 최악의 위기 상황이 아닌 모양이다.

"얍! 얍! 나와라! 나와!"

다급해진 그는 연달아 마구 오른손을 뻗었으나 요지부동인 것은 마찬가지다.

오른쪽의 두 번째 공격수는 어느새 기개세의 목을 향해 비스듬히 도를 그어오고 있었다.

쾌액!

기개세로선 발출되지도 않는 투명 광채를 계속 시도하고 있다가는 목이 잘릴 판국이었다.

"우왓!"

그래서 즉시 가문의 보법인 흑운잠영보(黑雲潛影步)를 전개하여 쓰러질 듯이 뒤로 물러나며 획 상체를 뒤로 젖혔다.

패애액!

제이번 공격수의 도가 아슬아슬하게 기개세의 가슴과 턱과 코 위를 손마디 하나의 차이로 스쳐 갔다.

쐐애액!

그런데 도의 기세가 얼마나 대단한지 단지 도풍(刀風)에 스쳤을 뿐인데도 턱과 코가 떨어져 나갈 듯이 아렸다.

그 순간 기다렸다는 듯이 제삼번 공격수, 즉 편각주의 도가 왼쪽에서 기개세의 뒤로 젖혀진 상체를 절단 내려는 듯 위에서 아래쪽 세로로 맹렬히 그어왔다.

오른손이 옥수로 변하는 것은 이쯤에서 포기해야 할 상황이다. 기개세는 오른손잡이기 때문에 천신검을 오른손으로 잡아야만 반격이든 공격이든 할 수가 있다.

그는 뒤로 젖혀진 상체를 일으킬 여유가 없어서 그대로 털썩 누워버렸다.

그러면서 왼손의 천신검을 재빨러 오른손으로 옮겨 잡았다. 그렇게 되면 이제 오른손으로는 투명 광채를 발출할 수 없게 된다.

나오지도 않는 투명 광채 때문에 이유도 모르는 채 개죽음을 당할 수는 없는 일이다.

그는 땅바닥에 누웠다가 한쪽 방향으로 미친 듯이 데굴데굴 구른 후에 벌떡 일어섰다.

공격권에서 벗어났는지 어떤지는 모른다. 하지만 언제까지나 땅바닥에 누워 있어서는 죽도 밥도 안 된다는 생각에 튀어 일어난 것이다.

다행히도 그는 공격권에서 간신히 벗어났다.

쐐애액!

그러나 일어서자마자 전면 좌우에서 두 명의 검은 인영이 무시무시한 공격을 퍼부으며 덮쳐왔다.

그들은 무더운 한여름인데도 손등을 덮는, 답답할 정도로 긴 흑의 경장을 입었다.

또한 얼굴에는 그 어떤 표정도 떠올라 있지 않고 그저 가면을 쓴 듯 무심한 모습이다.

"이 자식들!"

이날까지 살아오면서 기개세는 싸움에서 한 번도 물러나 본 적이 없다.

물러난다는 것을 수치스럽게 여기기 때문이 아니다. 단지 지고는 못 사는 그의 성격이 용납하지 않는 것이다.

그는 수치나 치욕 따윈 별로 개의치 않는 편이다. 중요한 것은 목적을 관철시키는 것이다.

그런데도 아직 그는 뜨거운 맛을 보지 못해서 목숨을 구하기보다는 흑의인들의 느닷없는 급습에 분노하고 있다.

휘리릭! 휙! 휙!

그가 천신검을 휘두르자 낙성검가의 성명검법인 사신검법 이 와르르 쏟아져 나갔다.

사신검법의 '사신'은 청룡, 주작, 현무, 백호 각 삼 초식씩 십이 초식이며, 각 초식은 네 개의 변화, 도합 사십팔 변으로 이루어졌다.

지금 기개세가 펼치고 있는 것은 백호뇌격검(白虎雷擊劍)이 라고 한다.

그는 사신검법 중에서 이 초식을 제일 좋아한다. 이유는 네 개의 초식 중에서 가장 위력적이기 때문이다.

기개세의 공격에 두 명의 흑의인은 약간 주춤하는 것 같더 니 곧 좌우로 쫙 벌어져서 맹공격을 개시했다.

쐐애액! 패액!

두 흑의인이 위맹하게 휘두르는 도에서 귀청을 에이는 파공음이 터져 나왔다.

기개세의 공세는 위력적이었으나 두 흑의인은 안중에도 두지 않고 상체를 이리저리 흔들어 가볍게 피하면서 공격을 퍼부었다.

공격이란 상대를 죽이거나 부상을 입히고 최소한 물러나게 만드는 것이 목적인데, 그런 점에서 기개세의 공격은 실효를 거두지 못하고 있었다.

게다가 두 흑의인은 자신들의 도로 기개세의 검을 쳐내지도 않았다.

무림인들은 무기로 무기를 쳐내는 것을 별로 좋아하지 않는다. 예리하게 벼려둔 무기의 날에 흠이 생기고 이가 빠지기 때문이다.

그래도 무기로 쳐낼 수밖에 없는 상황이 있는데, 그것은 공격을 피하지 못했을 경우다.

즉, 상대가 자신보다 한 수 위거나 비슷한 수준일 경우에는 싸우면서 피하거나 무기로 쳐내는 것을 병행한다.

하지만 상대가 몇 단계 위의 고수라면 무기로 쳐내는 것은 어렵다.

그 정도 고수라면 상대가 무기로 쳐낼 수 있을 정도의 어설픈 초식을 전개하지 않기 때문이다.

지금 두 흑의인의 경우가 그렇다. 그들은 최소한 기개세보다 서너 단계 위의 고수가 분명했다.

쐐애애!

기개세는 자신의 머리와 목을 노리고 좌우에서 맹렬하게 그어오는 두 자루 도를 지척지간에서 보면서 움찔 자신도 모르게 몸을 떨었다.

그가 한 번도 상대해 본 적이 없는 막강한 기세의 도법이고 공격이다.

그는 이날까지 하오문도나 건달들하고만 싸워봤고, 그래서 북두뇌격만으로도 능히 그들 위에서 군림할 수 있었다. 이 정도의 고수들과 싸우는 것은 생전 처음이다.

"우왓!"

그는 두 발이 보이지 않을 정도로 미친 듯이 흑운잠영보를 전개하는 것과 동시에 상체를 이리저리 마구 흔들어서야 공격을 가까스로 피했다.

쾌애액!

촤아아!

그러나 두 흑의인의 공격은 숨 쉴 틈 없이 계속 이어졌다.

초식과 초식, 변화와 변화가 끊이지 않고 물 흐르듯이 이어진다는 것은 두 흑의인이 고수인데다 실전 경험이 풍부하다는 것을 의미한다.

만약 기개세가 흑운잠영보를 완벽하게 익혔다면 그것만으

로도 충분히 두 흑의인의 공격을 피할 수 있을 것이다.

적의 공격을 어렵지 않게 피한다는 것은 곧 적에게 공격할 수 있는 기회가 많아진다는 것을 의미한다.

하지만 현재의 그는 흑운잠영보를 고작 삼 성 남짓 익혔을 뿐이다.

쐐애애!

기개세가 다급히 허리를 굽히자 베어오던 도가 그의 뒤통수를 아슬아슬하게 스치면서 머리카락을 뭉텅 잘라 허공으로 흩날렸다. 뒤통수가 서늘했다.

허리를 굽힌 상태에서 옆쪽을 힐끗 살피니 다른 흑의인의 도가 세로로 목을 잘라오고 있는 것이 보였다.

'으어어… 염병할! 이놈들이 대체 누군데 다짜고짜 날 죽이려는 거야.'

그는 속으로 기절할 정도로 놀라서 아예 땅바닥에 펄썩 엎어졌다가 두 손과 두 발로 발발발 부리나케 기어 뒤로 쪼르르 물러났다.

그러면서 퍼뜩 깨달았다.

'이럴 때는 백호뇌격검이 아니라 주작비류검(朱雀飛流劍)을 써야 한다!'

사신검법 네 개의 초식은 제각기 다른 종류인데, 백호뇌격검이 위력적이면서 공격 일변도라면, 주작비류검은 방어를 하는 동시에 반격을 가하는 화려한 변화의 초식이다.

기개세는 지난 한 달 동안 낙성검가에서 사신검법을 죽어라고 연마하여 엄격하기 짝이 없는 하여상의 시험에서도 어렵지 않게 통과했었다.

즉, 사신검법을 자유자재로 전개할 수 있다는 뜻이다. 물론 깊은 오의는 깨우치지 못했으나 그 정도면 까다로운 대정숙의 시험에 무난히 통과할 수 있다고 하여상은 판단했다.

"이놈들!"

흑운잠영보를 전개하면서 뒤로 물러나며 피하기에 급급하던 기개세는 순간 두 흑의인의 공격권 속으로 뛰어들며 주작비류검을 전개했다.

후웅웅!

천신검이 전후좌우 허공을 가르면서 마치 용의 울음소리 같은 검명을 흘렸다. 그것은 보통의 검명이나 파공음하고는 판이하게 다른 소리다.

주작비류검은 현란한 변화를 일으키는 초식이다. 또한 적의 공격을 막는 것이 아니라, 역공격을 하면서 적이 공격을 하지 못하도록 하는 수준 높은 검법이다.

우웅웅웅!

천신검은 허공을 은은히 떨어 울리는 검명을 토하면서 순식간에 열여섯 번의 공격을 파도처럼 쏟아냈다.

두 흑의인은 목숨을 부지하기에 급급하던 기개세가 갑자

기 돌변하여 날카로운 공격을 쏟아내자 적잖이 당황하여 오히려 뒤로 밀리기 시작했다.

그러면서도 그들은 자신들의 도로 기개세의 천신검을 한 번도 부딪치지 않았다.

살짝이라도 부딪치는 순간 도가 산산조각 부서진다는 사실을 잘 알고 있기 때문이다.

기개세는 여세를 몰아 숨 쉴 틈 없이 계속 주작비류검을 펼치며 두 흑의인을 압박했다.

주작비류검은 공격을 전개함으로써 상대의 공격을 꺾거나 완화시킨다.

그러다가 상대가 제대로 피하거나 막아내지 못하면 그 즉시 진짜 공격이 변환한다.

그것은 주작비류검이 공격을 막기 위한 허초가 아니라 방어와 공격을 겸한 훌륭한 검법이라는 뜻이다.

"으핫핫! 이놈들아! 너희들 이제 죽어봐라!"

기고만장한 기개세는 더욱 힘을 내어 천신검을 휘둘렀다.

두 흑의인이 공세에서 수세로 몰리게 된 이유는 기개세가 갑자기 주작비류검을 전개했기 때문이기도 하지만 다른 이유가 있었다.

그가 전개하고 있는 검법이 낙성검가의 성명검법인 사신검법이라는 것을 알아보았기 때문이다.

'낙성검가라니? 어떻게 낙성검가 따위가 절대신검을 지니고 있단 말인가?

편각주는 절대신검을 실물로 한 번도 본 적이 없지만 기개세의 천신검을 보는 순간 그것이 절대신검이라는 것을 즉시 알아보았다.

그가 속해 있는 세계에서는 절대신검의 주인을 불공대천지수로 여기고 있다.

그래서 그 세계의 전 고수가 평소 절대신검의 주인, 즉 천검신문 문주와 그에 관한 모든 사항을 완벽하게 숙지하는 것을 아예 법으로 정해놓았다.

이들 두 명의 흑의인이 속한 세계를 무림에서는 '마도(魔道)'라고 부른다.

즉, 이들은 마도고수(魔道高手)인 것이다.

편각주가 보기에 지금의 상황은 뒤죽박죽이다. 기개세가 휘두르고 있는 검이 전설의 절대신검인 것은 분명한데, 그가 사용하는 무공은 낙성검가의 성명검법이다.

더구나 그의 실력은 이류에도 미치지 못할 정도로 형편없다. 그런 자가 천검신문의 문주라는 것은 어불성설이다.

그런데도 절대신검을 지니고 있다. 그래서 편각주는 이 상황을 어떻게 해석해야 할지 판단이 서지 않았다.

하지만 어쨌든 기개세를 제압하는 것은 그리 어려울 것 같지 않으므로 일단 제압하고 절대신검을 탈취해 놓고 보자는 결론을 내렸다.

편각주는 수하에게 슬쩍 눈짓을 보내고 기개세의 왼쪽으로 방향을 틀면서 공격권에서 벗어나는 것과 동시에 반격을 퍼부었다.

그 순간 다른 흑의인은 기개세의 오른쪽으로 이동하면서 벼락같이 수중의 도를 떨쳐 냈다.

두 명의 마도고수가 한데 모여 있을 때에는 공격하기가 용이했는데 갑자기 좌우로 나누어지자 기개세는 멈칫했다.

그들이 너무나 간단하게 공격권에서 벗어났기 때문에 둘 중에서 누굴 공격해야 할지 몰랐다.

쉬아악!

패애액!

두 명의 마도고수는 여태까지보다 한층 더 위맹하게 공격을 퍼부었다.

그들이 만들어낸 도풍이 진저리를 쳤고, 도망(刀網)이 허공을 뒤덮었다.

第十八章

천궁선(天弓仙)

“이놈들아! 대체 왜 날 죽이려는 것이냐?”

기개세는 갑자기 거세진 두 마도고수의 합공에 전정긍긍, 사력을 다해서 피하며 바락바락 악을 썼다.

마도고수들이 양쪽에서 공격을 해오니까 어떻게 해야 할지 갈피를 잡지 못했다.

편각주가 기개세의 목을 노리고 맹렬하게 도를 그으며 듣기 거북한 목소리를 흘려냈다.

쉬이익!

“네놈이 천검신문 문주를 상징하는 절대신검을. 지니고 있기 때문이다.”

“······!”

기개세는 움찔 놀라서 급히 수중의 천신검, 아니, 절대신검을 쳐다보았다.

그것이 실수다. 싸우는 도중에, 그것도 궁지에 몰려 언제 죽어도 이상하지 않을 상황에 한눈을 팔다니, 죽음을 재촉하는 꼴이 돼버렸다.

“으앗!”

팍!

그는 황급히 피하려다가 편각주의 도에 왼쪽 옆구리를 베이고 말았다.

“윽!”

옆구리가 불로 지진 듯 화끈했고, 갑자기 온몸에서 힘이 쭉 빠져 비틀거렸다.

그 순간 두 마도고수의 두 자루 도가 산악처럼 허공을 가르며 쏘아왔다.

‘이런 빌어먹을! 랑아를 괜히 떼어놓고 왔어.’

사지에 몰린 기개세는 평소에는 하지 않던 후회를 뼈저리게 했다.

사실 그는 소랑에게 낙성검가 사람들을 무사히 호위하라는 명령을 내렸었다.

떨어지지 않으려는 그녀를 온갖 감언이설과 협박을 동원하여 떼어냈던 것이다.

그가 소랑을 떼어낸 진짜 이유는 간단하다. 낙양까지 먼 길을 유유자적 즐기면서 여행을 하는데 소랑이란 존재가 붙어 있으면 귀찮기 때문이다.

그의 사신검법은 제법이지만 아직 완벽한 경지는 아니고 또 공력도 현저히 부족하여 두 명의 마도고수를 물리치는 것은 역부족이다.

더구나 이제 부상까지 당한데다 일 초식도 피하지 못할 최악의 상황에 처하고 말았다.

쉬카아! 쐐애액!

두 자루 도가 기개세의 목과 가슴을 노리고 무시무시하게 한 자 거리로 쇄도했다.

휘익!

순간 그는 몸을 돌리는가 싶더니 죽을힘을 다해서 도주하기 시작했다.

'우라질! 이럴 때는 줄행랑이 최고다!'

낙성검가의 경공술 유성비행을 전력으로 전개하며 내심 투덜거렸다.

두 마도고수는 기개세가 갑자기 도망칠 줄은 예상하지 못하고 있다가 한발 늦게 추격하기 시작했다.

기개세는 지난 한 달 동안 유성비행을 연마하면서 최고로 빠르게 달린 것보다 두 배는 더 빠르게 관도를 쏘아갔다.

그렇지만 두 마도고수는 기개세보다 훨씬 고강하다. 유성비행이 비록 뛰어난 경공술이긴 하지만 그들을 떼어내는 것은 어려웠다.

경공은 세 가지가 관건이다. 첫 번째가 공력이고, 두 번째가 얼마나 완벽하게 연마했느냐는 것이며, 세 번째가 뛰어난 경공술이냐 아니냐는 것이다.

지금 기개세의 경우, 세 번째 조건은 충족되지만 첫 번째와 두 번째 조건이 턱없이 부족하다.

처음에 기개세가 도망쳤을 때에는 십오륙 장까지 벌어졌던 거리가 오래지 않아서 오륙 장으로 좁혀들었다.

기적이 일어나지 않는 한 열 호흡 안에 따라잡혀 다시 원점으로 돌아갈 것이 분명했다.

기개세는 다리가 보이지 않을 정도로 사력을 다해서 달리며 힐끗 뒤돌아보자 두 마도고수는 어느새 삼사 장 뒤까지 바짝 좁혀오고 있었다.

'안 되겠다. 저놈들이 원하는 것이 이거 같은데 버리자.'

그는 수중에 들고 있는 절대신검을 숲으로 집어 던지려고 오른손을 쳐들었다.

숲 속에 깊이 던지면 놈들이 그것을 찾으러 갈 것이고, 그 사이에 도망치자는 생각을 한 것이다.

전설의 문파인 천검신문의 팔대문주가 장장 삼백여 년 동안 기다려서 만난 제자가 문주의 상징인 절대신검을 버리려고 하는 것을 알게 된다면 기가 막힐 것이다.

그러나 기개세에겐 자신의 목숨보다 더 중요한 것이 없다.

목숨이 붙어 있어야만 부귀영화나 명예, 자존심도 필요한 것이 아니겠는가 하는 것이 그의 평소 지론이다.

막 절대신검을 버리려는 찰나 기개세의 눈이 커졌다.

전방 저만치에 광화현이 나타난 것이다. 그곳은 동쪽에서 광화현으로 들어가는 입구지만 근처에 포구가 있기 때문에 제법 번화했다.

순간 기개세는 목젖이 찢어져라 부르짖었다.

"강도야—! 사람 살려—!"

두 명의 마도고수는 멈칫했다. 그러나 포기하지 않고 더욱 속도를 높여 추격했다.

광화현까지는 족히 칠, 팔십여 장은 돼 보였으므로 거기까지 도달하기 전에 충분히 기개세를 붙잡을 수 있을 것으로 판단했다.

그때 광화현 입구의 계류 가에 위치한 어느 다루에서 두 사람이 밖으로 뛰쳐나왔다.

그들은 쫓기고 있는 기개세를 보더니 망설임없이 곧장 이쪽으로 쏘아왔다.

기개세는 두 사람을 보고 반색했다. 그들은 일남 일녀인데, 마주 쏘아오는 경공술이 눈에 띌 정도로 탁월했다.

그중에서도 여자는 동시에 출발했는데도 남자를 뒤로 뚝 떨어뜨리고 나는 듯이 달려오고 있었다.

두 명의 마도고수는 전면을 보다가 움찔했다. 쏘아오고 있는 일남 일녀의 경공으로 미루어 자신들보다 고강한 듯했다. 특히 여자는 단연 발군이었다.

중상을 입거나 혹은 죽어서라도 기개세를 제압하고 절대신검을 손에 넣을 수만 있다면, 두 명의 마도고수는 절대 물러서지 않을 것이다.

그러나 지금의 상황은 물러설 때다. 마주 달려오고 있는 일남 일녀가 그냥 지나치는 사람이 아닌 바에는 계속 추격하는 것은 짚더미를 이고 불 속으로 뛰어드는 것과 다를 바가 없는 일이다.

기개세는 힐끗 뒤돌아보다가 안도의 표정을 지었다. 두 명의 마도고수가 왔던 길을 되돌아 쏘아가고 있었다.

그들은 이십여 장 정도 쏘아가다가 우측 숲 속으로 뛰어들어 시야에서 사라졌다.

"헉헉헉!"

기개세는 거친 숨을 몰아쉬면서 절대신검을 검실에 꽂고 급히 원래대로 헝겊에 싼 후 어깨에 멨다.

두 명의 마도고수가 절대신검을 보고 다짜고짜 죽이려고 했기 때문에 다른 사람에게 보이지 않으려는 의도다.

'저놈들이 천검신문을 알고 있다니… 더구나 천신검, 아니, 절대신검까지……'

그는 숨을 고르면서 두 마도고수가 사라진 숲 쪽을 쳐다보며 복잡한 표정을 지었다.

'도대체 저놈들과 천검신문은 무슨 관계가 있는 것이지? 원한이라도 있는 건가?

그때 가까이 다가온 여자가 멈추면서 물었다.

"괜찮은가요?"

"……!"

여자의 모습을 보지도 못했는데 그녀의 목소리를 듣는 순간 기개세는 정신이 아득해졌다.

머릿속에 아무 생각도 들지 않았고, 아무 생각도 할 수가 없다.

방금 전까지 생각하고 있던 두 마도고수에 대한 것도 어디론가 사라져 버리고 말았다.

기개세는 여태까지 사람의 목소리, 특히 여자의 목소리가 아름답다거나 듣기 좋다는 생각을 해본 적이 없었다.

그런데 방금 들은 목소리는 뭐라고 표현할 수 없을 만큼 아름다웠다.

너무도 그윽하고 감미로워서 한 번도 들어본 적이 없는 천상의 소리가 과연 이렇지 않을까 하는 생각마저 들었다.

방금 그 목소리가 '괜찮은가요?' 라는 내용을 담고 있지 않았다면 기개세는 결코 그것이 사람의 목소리라고 생각하지 않았을 것이다.

여자의 목소리 때문에 정신이 몽롱해지다니, 천하의 기개세로선 상상조차 하지 못할 일이다.

"어머? 다쳤군요?"

기개세가 멍한 얼굴로 이끌리듯이 그녀를 향해 돌아설 때 또다시 세상에서 가장 아름다운 새가 노래하는 듯한 목소리가 들렸다.

"우웃!"

그는 갑자기 손으로 눈을 가리며 고개를 돌렸다. 눈부신 광채 때문이다.

이어서 손으로 눈을 가린 채 손가락을 살짝 벌려 조심스럽게 다시 여자를 쳐다보았다.

역시 방금 전처럼 눈부신 광채가 두 눈을 부시게 만들었으나 처음보다는 참을 만했다.

광채 때문에 여자의 모습은 제대로 보이지 않았다.

'사람 몸에서 광채가 뿜어지다니 무슨 요망한 수작인가?'

약간 정신을 차린 기개세는 슬쩍 인상을 쓰면서 눈을 가렸던 손을 뗐다. 자신이 생각해도 호들갑을 떤 것 같아서 조금 멋쩍었다.

여자에게서는 여전히 광채가 뿜어졌는데 처음과 두 번째 볼 때보다 나았다.

광채는 여전한데 눈에 익어서 그런 것인지 광채가 약해졌는지는 모를 일이다.

그러면서 여자의 모습이 은은하게 드러났다. 그렇지만 무지개 속이나 환한 보름달 한가운데 서 있는 듯한 광경이다.

"상처를 보여주겠어요?"

그때 여자가 손을 내밀어 기개세의 팔을 가만히 잡고 길가로 이끌었다.

여자의 손길은 몹시 나긋나긋했다. 그렇지만 그게 문제가 아니었다.

그녀의 손이 팔을 잡는 순간 기개세는 번갯불이 팔뚝을 관통한 듯한 충격을 받았다.

'뭐, 뭐야? 도대체 이게……?'

사람 몸에서 광채가 뿜어지고, 손이 닿자 번갯불에 관통당한 충격이라니, 그는 머릿속이 마구 헝클어지는 기분이 됐다.

그 이상한, 아니, 신비한 여자에 의해서 기개세는 관도 가장자리 풀밭에 앉혀졌다.

"옆구리 상처를 치료하려면 눕는 것이 좋겠어요."

그리고는 곧바로 눕혀졌다.

번갯불을 일으키는 여자의 손길이 기개세의 상의를 들어올리자 옆구리에 반 뼘 길이에 한 치 정도 깊이로 베어진 자상(刺傷)이 드러났다.

기개세는 상처의 고통을 느끼지 못했다. 여자의 손길이 닿을 때마다 찌릿찌릿한 느낌을 받았기 때문이다.

그는 누워서 눈을 껌뻑거리며 여자를 쳐다보았다. 광채는 많이 사라졌다.

아니, 눈에 익어서 여자 주위에 은은한 후광처럼 보였다. 그렇지만 여전히 뚜렷한 모습은 보이지 않았다.

그때 갑자기 한 사람의 모습이 여자 옆에 나타나서 우뚝 섰다. 그는 여자와 함께 다루에서 나와 달려온 남자인데 이제야 도착한 것이다.

여자는 후광 때문에 잘 보이지 않는 반면에 그녀 옆에 서 있는 남자의 모습은 선명하게 보였다.

그는 이십이삼 세 정도의 청년이었다. 고급은 아니지만 산뜻한 황의 경장을 입었으며 이마에는 문사건을 둘렀고, 한 자루 장검을 멨으며 근사한 구레나룻을 기른 영준한 용모다.

황의청년은 물끄러미 굽어보기만 할 뿐 아무 말도 행동도 하지 않았다.

기개세는 여자의 모습이 선명하게 보이지 않아 답답해서 눈을 감았다.

"상처가 깊지 않아서 다행이에요."

상처를 지혈한 후에 금창약을 고루 바르고 깨끗한 흰 비단 수건을 포개서 대고 나서 여자가 예의 천상의 목소리로 입을 열었다.

눈을 감자 기개세는 조금 전에 두 명의 마도고수와 치열하게 싸웠던 광경이 생생하게 되살아났다.

'놈들은 무림고수였어. 그렇게 강한 놈들과 싸워보기는 처음이다.'

그리고는 그 당시에는 생각나지 않았던 공격과 방어의 방법들이 샘물처럼 솟구쳤다.

'주작비류검과 백호뇌격검을 섞어서 전개하면서 흑운잠영보를 밟았어야 했어. 바보같이…….'

그랬더라면 그처럼 무참하게 당하지는 않았을 것이라는 생각이 들었다.

'혹시 천검신문은 꽤 알려진 문파인가? 아니면 아까 그놈들은 천검신문과 원한이 있는 것인가?'

"아직도 아프세요?"

기개세가 천검신문에 대해서 생각하고 있을 때 여자의 목소리가 들렸다. 그는 목소리를 듣는 것만으로 몸이 녹아버리는 듯한 느낌이 들었다.

'음! 괴이한 일이로군. 이런 적이 없었는데…….'

그녀가 아프냐고 물었는데도 그는 눈도 뜨지 않은 채 잠자코 있었다.

"어디, 일어나 앉아보시오."

그때 굵직하면서도 낭랑한 청년의 목소리와 함께 누군가 기개세를 일으켜 앉혔다.

기개세는 벌떡 상체를 일으키는 것과 동시에 아예 일어서면서 눈을 떴다.

"아!"

순간 그는 화들짝 놀라서 자신도 모르게 탄성을 터뜨렸다.

눈앞에 한 소녀가 다소곳이 서 있는데, 그녀를 보는 순간 온몸의 피가 얼굴로 솟구치고 심장이 미친 듯이 쿵쾅거리기 시작한 것이다.

소녀에게서는 여전히 광채가 뿜어졌는데 모습을 알아보지 못할 정도는 아니었다.

'예… 쁘다…….'

기개세는 지금까지 여자를 보고 예쁘다고 생각해 본 적이 한 번도 없었다.

그의 주변에 있는 여자들은 하나같이 사람들에게 아름답다는 칭송을 귀가 따갑게 듣지만 기개세에게만큼은 그저 보통 여자들보다 조금 나은 정도일 뿐이었다.

그런데 지금 그의 눈앞에 서 있는 소녀는 예뻤다. 그저 예쁜 정도가 아니다. 기개세를 정신 못 차리게 할 정도로 아름다운 것이다.

또한 그녀에게는 여러 기이한 기운이 감돌고 있었는데, 기개세는 그런 것들을 한 번도 느낀 적이 없어서 무엇인지 알지 못했다.

그는 소녀의 얼굴에서 시선을 떼지 못했고 눈도 깜빡이지 않았다.

그 바람에 소녀는 얼굴이 발그레 붉어져서 시선을 어디에 둘지 몰라 적이 당황했다.

그리고 기개세를 일으키고 나서 그의 옆에 서 있던 황의청년은 소녀에게 넋이 나간 기개세를 보고는 실소를 지었다.

하지만 그는 한편으로는 기개세의 솔직한 성격이 조금쯤은 부러운 듯한 표정을 지었다.

황의청년 역시 소녀를 처음 봤을 때 지금의 기개세 같은 심정이었으나 그것을 겉으로 드러내지 않으려고 무진 애를 썼기 때문이다.

사실 소녀에게서 뿜어지는 광채는 오직 기개세 혼자만 보고 느낄 수 있는 것이다.

다른 사람들은 소녀가 단지 절세적인 아름다움과 천상의 목소리를 지니고 있다고만 여길 뿐이지 광채 같은 것은 보지 못한다.

기개세의 눈에만 소녀의 광채가 보이는 이유는 그녀가 그의 운명의 여자이기 때문이다.

주르르.

그때 문득 황의청년과 소녀는 기개세를 보다가 깜짝 놀라는 표정을 지었다.

기개세의 코에서 두 줄기 새빨간 피, 즉 쌍코피가 흘러나오기 시작한 것이다.

그런데도 기개세는 모르는 듯 넋 나간 얼굴로 소녀의 얼굴만 뚫어지게 주시하고 있었다.

"저……."

보다 못한 소녀가 품속에서 흰 비단 손수건을 꺼내 기개세에게 내밀었다.

"내게 주는 거요?"

기개세는 멍한 얼굴로 두 손을 내밀었다.

"네. 아!"

소녀는 방그레 미소 지으며 대답하다가 나직한 탄성을 터뜨리고 말았다.

손수건을 건네받던 기개세가 그녀의 손을 두 손으로 덥석 잡아버린 것이다.

그 순간 기개세는 또다시 번갯불에 덴 듯 몸을 부르르 떨었다. 하지만 소녀의 손을 놓지는 않았다.

그러자 소녀가 얼굴을 붉히며 가만히 손을 뺐다.

기개세의 코에서는 계속 피가 흘러 금세 입과 턱, 상의를 새빨갛게 물들여 버렸다.

그때 황의청년이 기개세의 손에서 비단 손수건을 뺏어 그의 코를 지그시 눌러주었다.

"귀하, 코피부터 닦으시오."

기개세는 무의식적으로 손을 자신의 코로 가져갔다가 뜨듯한 액체의 감촉을 느끼고 서둘러 목 양쪽의 혈도를 눌러 지혈시켰다.

그러나 그때는 이미 그의 코와 입 주변이 피 범벅이었고 흰 상의까지 피투성이라서 매우 보기 흉했다.

하지만 그는 대수롭지 않은 듯 피 묻은 손수건을 만지작거리면서 소녀에게 불쑥 물었다.

"이름이 무엇이오?"

소녀는 가볍게 놀라는 듯한 표정을 지었다.

황의청년은 기대 어린 표정으로 소녀를 빤히 응시했다. 그역시 소녀가 누군지 궁금했던 터다.

원래 그는 다루에 들어갔다가 우연히 소녀를 발견하고 그절세적인 아름다움에 매료되어 그 순간부터 그녀에게서 눈을떼지 못했다.

사실 그는 소녀에게 정신이 팔려 있어서 밖에서 들려온 살려달라는 외침을 듣지 못했고, 소녀가 갑자기 다루 밖으로 달려나가자 엉겁결에 뒤쫓아 나왔다가 쫓기고 있는 기개세를, 발견했던 것이다.

눈처럼 흰 백의에 바닥에 끌리는 긴 치마를 입은 호리호리하고 가녀린 체구의 소녀는 방그레 미소 지으며 장미 꽃잎 같은 입술을 나풀거렸다.

"소녀는 소옥군(蘇玉君)이라고 해요."

"아!"

그녀의 이름을 듣는 순간 황의청년은 나직한 탄성을 터뜨리며 크게 놀라는 표정을 지었다.

"혹시 절강성(浙江省) 항주(杭州) 운예문(雲霓門)의 소문주이신 천궁선(天弓仙) 소옥군 소저이십니까?"

백의소녀는 살짝 고개를 숙이며 살포시 미소 지었다.

"그래요."

"아… 강남천궁(江南天弓) 강북천봉(江北天鳳)이 천하제일의 아름다움으로 쌍벽을 이룬다더니 과연……."

황의청년은 탄성을 터뜨리면서 말하다가 자신의 추태를 깨닫고는 황망히 고개를 숙였다.

"죄, 죄송합니다."

백의소녀 천궁선 소옥군은 사문 운예문이 있는 항주를 떠나 이곳까지 수천 리 길을 왔다.

그동안 그녀가 마주친 수많은 남자들은 백이면 백 모두 방금 황의청년보다 몇 배나 더 요란한 반응을 보여주었었다.

그러므로 그들에 비해서 황의청년은 수양이 깊고 예의가 바른 편이라고 할 수 있었다.

그때 기개세가 소옥군 앞으로 바싹 다가가 다짜고짜 그녀의 두 손을 덥석 잡더니 열띤 얼굴로 말했다.

"나는 유영이다. 이제부터 너를 옥군이라고 부르고 동생으로 삼아도 괜찮겠지? 하하하!"

황의청년은 화들짝 놀라서 급히 소옥군의 얼굴을 쳐다보았다. 그가 알고 있는 천궁선 소옥군이라면 이런 일을 결코 그냥 넘어가지 않는다.

소옥군은 기개세에게 잡힌 자신의 두 손을 내려다보았다.

그녀의 희고 긴 섬섬옥수는 기개세의 피 범벅된 두 손과 역시 피가 흠뻑 묻은 비단 손수건 안에 감싸여 있었다.

그 순간 황의청년은 소옥군의 오른손이 번쩍 허공을 가르는 것을 발견했다. 그러나 그 동작이 너무나 빨라서 그저 흐릿하게만 보았을 뿐이다.

짜악!

"억!"

다음 순간 기개세는 왼쪽 뺨에 불똥이 확 튀면서 허공으로 붕 날아갔다가 길가 나무에 부딪쳐서 튕겼다가 다시 땅바닥에 내동댕이쳐졌다.

소옥군이 그의 뺨을 후려갈긴 것이다.

그는 땅바닥에 길게 누워 코와 입에서 피를 콸콸 쏟으면서 온몸을 부들부들 떨더니 곧 축 늘어졌다.

황의청년은 그럴 줄 알았다는 표정으로 허를 찼고, 소옥군은 여태까지와는 달리 서릿발처럼 싸늘한 얼굴로 기개세를 쏘아보았다.

그때 황의청년이 가볍게 놀라는 표정으로 주춤거리면서 기개세에게 다가갔다.

"이 사람, 잘못된 것 같습니다."

그 말에 소옥군의 안색이 가볍게 변했다. 일껏 고생해서 살려놓은 사람을 자신이 때려서 죽인다는 것은 말도 되지 않는 일이다.

소옥군이 긴장된 얼굴로 기개세에게 다가갈 때, 황의청년은 그의 옆에 무릎을 꿇고 상세를 살피고 있었다.

그때 기개세가 눈을 뜨더니 황의청년에게 한쪽 눈을 찡긋해 보였다.

“……."

피투성이 얼굴로 익살스러운 표정을 지으며 한쪽 눈을 찡긋하는 모습은 실로 가관이었다. 그가 그러는 모습은 황의청년에 가려서 소옥군은 보지 못했다.

하지만 황의청년은 웃지 않았다. 웃을 수가 없었다. 부상을 당한 몸에다, 그렇게 얻어터지고도 기개세가 뭔가 흉계를 꾸미려 한다는 사실 때문이다.

'설마 이 친구는 천궁선 소옥군의 소문을 들어본 적이 없다는 말인가?

황의청년은 어이없어하면서도 기개세가 뭘 어쩌려는지 궁금하기도 해서 슬쩍 일어나 옆으로 비켜섰다.

가까이 다가온 소옥군은 불안한 표정으로 황의청년을 바라보다가 가슴이 철렁 내려앉았다. 그의 표정이 몹시 착잡했기 때문이다.

하지만 기개세가 무슨 짓을 하려는 것인지 염려가 돼서 황의청년이 그런 표정을 짓는다는 사실을 소옥군이 알 리가 없다.

그녀는 꼼짝도 하지 않고 있는 기개세 머리맡에 단정하게 무릎을 꿇고 앉아 조심스럽게 살펴보았다.

기개세에게선 숨소리와 심장 박동 소리가 들리지 않았다.

당연하다. 귀식대법을 전개하고 있는 중이기 때문이다.

그러자 소옥군의 안색이 해쓱해졌다.

그녀는 명문세가의 딸로서 말귀를 알아들을 때부터 부모와 사부, 가문의 어른들로부터 정의와 의협에 대해서 엄한 교육을 받으며 성장했다.

그녀가 가문이 있는 항주성 인근에서 십칠 세의 어린 나이에 소녀협객(少女俠客)으로서 천궁선이라는 작은 명성을 얻은 것은 결코 우연한 일이 아니었다.

그런데 그녀가 단지 기분 나쁜 말을 들었다는 이유 하나 때문에 사람을 때려죽이고 말았으니 지금의 심정이야말로 표현하지 못할 만큼 착잡했다.

자신과 가문의 명예에 누를 끼쳐서가 아니다. 무고한 생명을 죽였다는 가책 때문이다. ·

"……!"

그때 소옥군의 눈동자가 가벼이 흔들렸다. 기개세에게서 희미한 숨소리가 느껴졌기 때문이다.

물론 그것은 기개세가 귀식대법을 슬며시 조금만 푼 것이지만 그녀로선 알 재간이 없다.

그녀는 급히 고개를 숙여 숨소리를 좀 더 자세히 들으려고 기개세의 입으로 얼굴을 가져갔다.

턱!

그 순간 기개세가 번개같이 두 손을 뻗어 그녀의 뒷머리를

잡고 끌어당기는 것과 동시에 그보다 더 빠른 동작으로 입을
맞췄다.

기개세하고는 비교도 할 수 없을 정도로 고강한 소옥군이
지만 이런 일이 있을 것이라고는 추호도 예상하지 못하다가
당한 일이라 속수무책이었다.

'으악!'

그 광경을 지켜보던 황의청년은 속으로 비명을 질렀다.

"······!"

소옥군은 너무나 놀란 나머지 순간적으로 자신에게 무슨
일이 일어나고 있는지 판단하지 못했다.

그사이에 기개세는 그녀의 입술을 비비면서 매끄럽고 달
콤한 혀를 힘차게 빨아댔다.

그러나 소옥군의 놀라움은 그리 오래가지 않았다. 그녀의
얼굴이 살얼음처럼 차가워지고 눈이 매섭게 변했다.

그 반면에 기개세는 눈을 지그시 감은 채 황홀감에 몸까지
부르르 떨고 있었다.

소옥군은 이 파렴치한을 어떻게 해야 하나 하고 짧은 순간
에 골똘히 생각에 잠겼다.

한 대 더 때리면 정말로 죽어버릴 것 같아서 그럴 수도 없
는 노릇이다.

그때 한껏 욕심을 채운 기개세가 그녀의 입술과 머리를 놓
아주고 나서 피 범벅의 입술을 나불나불 놀렸다.

"이제 너는 확실히 내 거다. 알았지?"

소옥군은 대답 대신 한 손으로 기개세의 멱살을 잡고 천천히 일어섰다. 그러자 기개세의 몸이 스르르 딸려 일으켜졌다.

휘익!

이어서 소옥군은 아무 말 없이 기개세를 숲 쪽 허공으로 가볍게 집어던져 버렸다.

그녀는 눈을 내리깔고 피 범벅이 된 자신의 입술을 소매로 닦으며 광화현 쪽으로 사뿐사뿐 걸어갔다.

그 뒤로 아스라이 포물선을 그리며 숲으로 날아가고 있는 기개세의 구슬픈 비명 소리가 처절하게 허공을 물들였다.

"끄아아—!"

第十九章

성녀(聖女)

대사부

　세 사람이 다시 만난 것은 한수를 거슬러 오르는 이관교행 배의 갑판에서다.

　제법 큰 배에는 백여 명 정도의 많은 사람이 선실 없이 갑판만 넓은 배의 여기저기에 삼삼오오 모여서 앉거나 누워 있었고 서 있는 사람은 그리 많지 않았다.

　광화현에서 이관교까지는 네 시진이나 걸리는 먼 길이기 때문에 다들 일찌감치 편안하게 자리를 잡은 것이다.

　소옥군에 의해서 숲 속으로 내던져졌던 기개세는 숲에서 기어나와 비틀거리며 광화현으로 들어섰었다.

　그곳에서 옷을 한 벌 사서 입고 대충 씻은 다음 몇 가지 볼

일을 본 후에 이관교행 배에 올랐다.

그는 배에 타자마자 한쪽 구석에서 한숨 늘어지게 자고 일어나서 갑판을 어슬렁거리다가 소옥군과 황의청년을 발견한 것이다.

소옥군은 배의 선수 쪽 왼쪽 난간 가에 서서 먼 곳을 그윽하게 바라보며 강바람에 옷자락을 펄럭이고 있었다.

그 모습이 마치 한 폭의 그림인 양 너무도 아름다워서 기개세는 즉시 다가가지 못하고 먼발치에서 묵묵히 바라보기만 하였다.

그리고는 잠시 후에 주먹을 힘껏 움켜쥐며 내심 다짐했다.

'좋아! 소옥군 너를 반드시 내 여자로 만들고 말겠다!'

그는 소옥군에게 성큼성큼 걸어가다가 그녀의 뒤쪽 반대편 난간 가에 서 있는 황의청년을 발견했다.

그는 강 건너 먼 곳을 바라보고 있다가 이따금 소옥군을 돌아보면서 빙그레 부드러운 미소를 짓곤 했다.

그가 그러는 것은 소옥군에게 가까이 다가가고는 싶으나 그럴 용기가 없기 때문인 듯했다.

"어이! 친구! 이쪽으로 오게!"

기개세는 자신의 이름처럼 기세 좋게 황의청년을 큰 소리로 부르며 소옥군에게 걸어갔다.

소옥군과 황의청년이 동시에 기개세를 쳐다보았다. 그리고는 똑같이 뜻밖이라는 표정을 지었다.

그렇지만 두 사람은 기개세를 귀찮아하거나 싫어하는 기색은 아니었다.

기개세는 황의청년이 쭈뼛거리는 것을 보고 껄껄 웃으면서 다시 손짓을 했다.

"하하하! 친구들끼리 한데 모여서 가야지 왜 자네 혼자 뚝 떨어져 있나? 옥군하고 싸웠나?"

황의청년은 기개세가 넉살 좋게 또다시 '옥군'이라고 부르자 깜짝 놀라서 그러지 말라고 손을 저어 보였다.

아니나 다를까, 소옥군은 자신의 한 걸음 옆에 와서 멈춘 기개세를 싸늘하게 쏘아보았다. 당장이라도 한 대 올려붙일 기세가 분명했다.

그러나 주위에는 아까부터 소옥군의 미모에 홀려서 많은 사람들이 주시하고 있는 중이다.

아무리 북풍한설 소옥군이라고 해도 이런 상황에서 기개세를 때리지는 못할 것이다.

기개세는 얼굴이 여기저기 마구 긁힌 상처투성이 모습이다.

소옥군에 의해서 날아가 숲에 떨어지면서 나뭇가지에 얼굴과 몸을 찢기고 긁혔기 때문이다. 옷을 벗으면 몸은 얼굴보다 더 심했다.

기개세는 품속을 뒤적거리더니 뭔가를 꺼내 소옥군에게 내밀었다.

순간 소옥군의 얼굴이 차디차게 변하면서 오른손이 번개같이 뻗어 나왔다. 기개세가 또다시 허튼짓을 하는 것이라고 여긴 것이다.

"가만히 있어봐. 이거 머리에 꽂아줄게."

기개세가 태연히 말하자 소옥군의 주먹이 뚝 그의 턱 한 뼘 아래에서 멈추었다.

그녀는 기개세의 손에 쥐어져 있는 푸른 고귀한 빛을 흩뿌리고 있는 비녀를 발견하고는 적이 놀라는 표정을 지었다.

비녀는 최고급의 비취로 만들었는데 전체적으로 두 마리의 원앙을 정교하게 새긴 것이다.

특히 새의 머리 부분은 각기 은은한 붉은색과 남색이 감도는 붉은색의 보석으로 만들어졌으며, 부유한 가문에서 성장한 소옥군은 그것이 각각 진귀한 강옥석(루비)과 귀단백석(오팔), 그리고 새의 눈은 금강석(다이아몬드)이라는 것을 한눈에 알아보았다.

그녀가 놀라서 바라보자 기개세는 빙그레 사람 좋은 미소를 지으며 입을 열었다.

"옥군이 내 목숨을 구해주었는데 인사도 제대로 하지 못해서 미안해. 약소하지만 받아주었으면 고맙겠어."

원래 기개세는 소옥군이 이관교행 배가 정박해 있는 포구에 서서 기다리고 있는 모습을 발견했었다.

그래서 그녀에게 비녀를 선물하기 위해 광화현에서 가장

뛰어난 세공 장인을 찾아가 한 시진 안에 비녀를 만들어내지 못하면 죽이겠다고 협박까지 했었다.

소옥군은 방금 전보다 더 놀란 얼굴로 기개세를 바라보았다. 그녀의 표정은 '이 사람에게도 이런 면이 있었나?'라고 말하는 듯했다.

그녀가 아무런 반응을 보이지 않자 기개세는 능숙한 솜씨로 그녀의 머리카락을 틀어 올려 잘 가다듬고는 비녀를 깊숙이 꽂아주었다.

그때 소옥군이 비녀를 더 잘 꽂을 수 있도록 살짝 고개를 숙여주었다.

기개세는 모친 한송연이나 쌍봉루의 설화쌍봉, 쌍봉루주인 가란의 머리를 무수히 틀어 올려 준 솜씨를 소옥군에게 유감없이 발휘했다.

슥—

"보겠어?"

기개세는 품속에서 동경(銅鏡:구리거울)을 꺼내 소옥군 앞에 내밀었다.

그야말로 철저한 준비다. 더구나 내민 동경의 각도가 정확해서 소옥군은 조금도 움직이지 않은 상태에서 자신의 머리에 꽂혀 있는 비녀, 즉 비취쌍조잠(翡翠雙鳥簪)을 똑똑히 볼 수 있었다.

"마음에 들어?"

　기개세가 동경 옆으로 얼굴을 빼꼼히 내밀면서 궁금한 얼굴로 묻자 동경을 바라보던 소옥군이 그와 눈을 마주치며 살짝 미소 지으면서 가볍게 고개를 끄덕였다.

　기개세의 입이 함지박만 해졌다.

　“하하하! 마음에 든다니 다행이다!”

　철썩! 철썩!

　그는 명랑하게 웃으면서 은근슬쩍 손바닥으로 소옥군의 탱탱한 엉덩이를 가볍게 두드렸다.

　‘흐악!’

　가까이 다가와 있다가 그 광경을 본 황의청년은 소스라치게 놀란 나머지 죄도 없으면서 주춤주춤 뒤로 물러섰다.

　슥─

　소옥군은 기개세에게 바짝 다가들어 몸을 밀착시키고는 방그레 미소 지으며 나직이 속삭였다.

　“당신을 강물로 던지지 못할 것 같은가요?”

　그녀의 손이 기개세의 멱살을 단단히 움켜잡고 있는 것을 본 사람은 아무도 없었다.

　기개세는 힐끗 곁눈으로 강물을 쳐다보고는 다시 소옥군을 쳐다보았다.

　그녀가 한다면 하는 성격이라는 사실을 구태여 이 자리에서 값비싼 대가를 치르면서까지 다시 한 번 확인해 볼 필요는 없다.

때를 아는 자가 영웅이라고 했다. 기개세는 영웅은 아니지만 즉시 꼬리를 내렸다.

"알았어."

"그리고 존대하세요."

"응."

"존대."

"알았다니까?"

"……."

기개세는 존대를 하는 대신 뒤에 걸머지고 있던 두툼한 기름종이 뭉치를 바닥에 내려놓고 나서 부리나케 어디론가 달려가는가 싶더니 금세 낡고 이가 빠진 앉은뱅이 상 하나를 구해왔다.

이어서 기름종이 뭉치를 펼치고 상 위에 여러 가지 요리와 술을 줄줄이 늘어놓고 나서 손바닥으로 바닥을 툭툭 두드리며 너스레를 떨었다.

"자자! 앉아, 들! 이관교까지는 먼 길이야. 다 먹고살자고 하는 일인데 배고프면 속 버려."

속에 능구렁이가 들어앉은 그의 말은 백 번 천 번 옳은 영감의 말이다.

그렇지 않아도 이른 아침을 먹은 후 늦은 오후가 돼가고 있는 지금까지 아무것도 먹지 않아서 허기져 있던 소옥군과 황의청년은 상에 차려져 있는 갖가지 먹음직스런 요리를 보고는 회가 동했다.

"옥군은 나 구해주고 때리고 집어던지느라 더 허기가 졌을 텐데 많이 먹어. 응?"

기개세가 싱글벙글 웃으면서 변죽을 울리자 소옥군은 그에게 곱게 눈을 흘기면서 바닥에 살포시 앉았다.

그것을 보고 황의청년도 따라서 앉았다.

세 사람은 화기애애한 분위기로 먹고 마시면서 시간 가는 줄 몰랐다.

물론 분위기를 주도하는 것은 기개세의 지칠 줄 모르는, 그리고 화려한 입담이었다.

어린 나이에 어떻게 그리 많은 애깃거리가 있는 것인지, 또한 무궁무진한 경험을 했는지 말리지 않으면 며칠 동안이고 그치지 않을 기세다.

황의청년의 이름과 신분을 알게 된 것도 그즈음이다.

"불초는 소림사 속가제자인 진운상(晉雲祥)이라 합니다."

소옥군이 진운상을 보며 적이 놀라는 표정을 지었다.

"소림사에 몇백 년 만에 승무귀재(僧武鬼才)가 출현했다는 소문이 자자하던데, 당신이 바로 소림사 장문인 혜각 선사(慧覺禪師)의 제자 진운상 소협이었군요?"

진운상은 당황해서 얼굴을 붉히며 손을 휘휘 저었다.

"승무귀재는 무슨… 지나치게 과장된 소문 따윈 믿지 마십시오, 천궁 소저."

무림에서 소옥군을 존중하여 그녀의 아호인 천궁선의 앞 두 글자를 따서 '천궁 소저' 라고 호칭한다는 사실을 진운상은 알고 있었다.

진운상이 궁금한 듯 기개세에게 물었다.

"실례지만 귀하는 누굽니까?"

그는 자신보다 어려 보이는 기개세에게도 깍듯하게 예의를 갖추었다.

기개세는 소림사가 무림 구대문파 중에서도 태산북두(泰山北斗)라는 사실을 잘 알고 있다.

그런데 진운상이 소림사 장문인의 제자라니 얼마나 대단한 신분인지 긴 설명이 필요없다.

만약 기개세가 진운상 같은 신분이라면 목이 부러질 정도로 힘을 주고 으스대면서 거드름을 피울 텐데 진운상은 도통 그러지 않았다.

기개세는 소옥군의 가문인 절강성 항주의 운예문에 대해서는 들어본 적이 없으나 진운상이 극구 치켜세우고 또한 소옥군의 지나칠 정도로 반듯한 행동으로 미루어 명문 정파가 틀림없다고 생각했다.

기개세는 자신을 소개해야 한다는 생각을 하자 문득 하여상이 가르친 예의범절이 떠올랐다.

한 달 내내 간간한 하여상의 닦달을 당했으니 예의범절이라면 몸에 배어 있다.

그는 상체를 꼿꼿하게 펴고는 두 손을 맞잡아 포권지례를 취하면서 가볍게 고개를 숙였다.

"불초는 낙성검가의 둘째인 유영이라 하오. 미거하오니 많은 지도를 부탁하오."

목소리도 나직하면서 웅혼하게 변했다. 물론 방금 그가 한 말과 자세 등은 하여상이 가르쳐 준 것을 그대로 달달 외워서 답습한 것이다.

소옥군과 진운상은 놀라면서도 새삼스러운 표정으로 기개세를 바라보았다.

기개세는 두 사람이 놀라고 있는 것을 보고는 속으로 흐뭇해하며 포권한 손을 가볍게 흔들면서 더욱 의젓하게 말을 이었다.

"강호에 나오면 사해(四海)가 모두 친구라 했으니 우리 허물없이 지내도록 합시다."

진운상은 환하게 미소 지으며 고개를 끄덕이면서 진심 어린 얼굴로 말했다.

"옳은 말이오. 불초는 앞으로 유 형에게 많은 가르침을 받도록 하겠소."

소옥군은 두 사람이 이미 알고 있으므로 구태여 자신의 소개를 다시 하지는 않았다.

그 대신 다른 것을 기개세에게 사근거리는 목소리로 물었다.

"가존(家尊)께선 어떠세요?"

한 달 전의 기개세라면 '가존'이 상대의 아버지를 높여 부르는 호칭이라는 뜻을 몰랐을 것이나 지금은 안다.

그는 슬쩍 턱을 모로 꼬며 시큰둥하게 말했다.

"여전히 포악하고 무식……."

자신이 무슨 말을 하는지 모르고 무의식중에 사도구련 총련의 친아버지에 대해서 말문을 열던 그는 소옥군과 진운상의 표정이 이상하게 변하는 것을 발견하고서야 자신이 실언했다는 사실을 깨달았다.

"…한 것하고는 거리가 먼 분이오. 흠!"

급히 말을 바꾸고는 짐짓 심각한 표정을 지었다.

"가친께선 십여 년 전에 주화입마에 드셔서 자리에 누우신 후로는 호정출입(戶庭出入)도 하지 못하시는 처지외다."

"저런, 낙성일협 유 대협께서 주화입마에 들어 병환 중이시라는 소문은 들었으나 그 정도이실 줄은 몰랐어요."

소옥군은 진심으로 위로의 표정을 지었다.

진운상은 분위기를 바꾸기 위해서 슬쩍 화제를 돌렸다.

"그래도 훌륭한 낙성삼검(落星三劍) 삼남매가 계시니까 낙성검가의 앞날은 밝지 않겠소?"

"그래요. 낙성삼검은 우리 절강성에도 잘 알려져 있어요."

"과찬의 말씀이오."

기개세는 배운 대로 겸손을 떨었지만 낙성검가에 삼남매

가 있다는 말에 적잖이 의아한 생각이 들었다.

그는 자신이 낙성검가에 양자로 들어갔기 때문에 비로소 삼남매가 된 줄 알고 있었다.

그런데 소옥군과 진운상의 말로는 예전부터 삼남매가 낙성삼검이라는 별호로 알려져 있다고 하지 않는가.

그래서 두 사람에게 의심을 사지 않는 범위 내에서 슬쩍 물어보기로 했다.

"낙성삼검이 절강성에도 알려져 있소?"

그는 여태껏 소옥군에게 반말을 찍찍 했으나 예의를 차리고 나서부터는 꼬박꼬박 존대를 했다.

소옥군 대신 진운상이 빙그레 미소 지으며 조금 과장된 몸짓을 하며 설명했다.

"낙성검가는 호북십가의 하나로서 명실상부한 명문이외다. 솔직히 말하자면 예전에 낙성일협 유 대협께서 활동하시던 시절만큼은 아니지만, 낙성삼검이 호북성 북부 지방에서 맹활약하는 덕택에 낙성검가의 명성이 끊어지지 않고 맥맥이 이어지고 있는 것이 사실이오."

기개세는 가볍게 고개를 끄덕이며 잠시 생각에 잠겼다.

낙성검가에는 예전부터 삼남매가 있었던 것 같다.

그런데 둘째에게 무슨 변고가 생겼던 것이 분명하다. 모르긴 해도 아마 죽었을 것이다. 그래서 기개세를 양자로 받아들일 수 있었을 것이다.

어쩌면 기개세에게 준 '유영'이라는 이름도 진짜 둘째 아들의 이름이리라.

'밥통!'

거기까지 생각한 기개세는 자신의 우둔함을 꾸짖었다.

낙성검가에 원래 자식이 유석과 유정 둘뿐이라면 어떻게 기개세를 양자로 받아들일 수 있었겠는가.

유정에겐 비연검이라는 조금 알려진 별호가 있으나, 유석에겐 별호조차 없다.

그것은 두 사람이 별로 알려지지 않은 존재라는 뜻이다. 단지 삼남매가 합쳐졌을 때 흐릿한 빛을 발하고, 그래서 낙성삼검이란 별호를 얻었을 것이다.

그렇다고 해도 유정의 비연검이라는 별호처럼, 낙성삼검이라는 별호도 호북성 북부 지방 일대에서만 조금 알려져 있을 것이다.

그 정도의 별것 아닌 소문을 쟁쟁한 명문 대파와 명문가의 진운상과 소옥군이 알고 있다는 것은 정파에는 말 그대로 언비천리(言飛千里), 작은 소문이 날개를 달고 천 리 밖으로 퍼진다는 뜻이다.

그런데 하물며 천하의 대정숙이 낙성검가에 대해서 모를 리가 있겠는가.

모르긴 해도 대정숙에는 무림에 대한 방대한 자료가 총망라되어 있을 것이다.

그런데도 기개세는 낙성검가에 원래 자식이 둘뿐이었을 것이고, 자신을 양자로 삼아 대정숙에 보내면 모든 일이 알아서 술술 풀릴 것이라고만 낙관하고 있었다.

"유 형, 상처가 아픈 것이오?"

기개세가 인상을 쓰고 있는 것을 보고 진운상이 조심스럽게 물었다.

옆구리 상처가 욱신거리기는 하지만 인상을 쓸 정도는 아니다. 소옥군이 발라준 금창약이 효과가 뛰어난 듯했다.

하지만 기개세는 자신이 딴생각을 하고 있었다는 사실 때문에 가볍게 고개를 끄덕였다.

"조금……."

"누워서 쉬는 것이 좋겠소."

진운상은 염려스러운 표정으로 자리에서 일어나 기개세를 눕히려고 하였다.

기개세는 이날까지 살면서 진운상 같은 사람을 한 명도 본 적이 없다.

그는 정의롭고 선한데다가 친절하며 자상하기까지 했다.

기개세가 보기에 그는 부처님 가운데 토막 같은 무골호인(無骨好人)이다.

그가 무창성의 하오문도나 건달들에게 걸려든다면 순식간에 껍데기가 홀라당 벗겨지고 말 것이다.

"아니, 됐소."

기개세가 뿌리치자 진운상은 염려스러워하면서 자신의 자리로 돌아갔다.

기개세는 슬쩍 소옥군을 쳐다보았다. 그녀는 먹기를 마치고 비스듬히 먼 하늘을 바라보고 있었다.

기개세가 아픈 것이나 그의 가문에 대해서는 별로 관심이 없는 듯한 모습이다.

그렇다고 뭔가 걱정이 있는 듯한 표정도 아니다. 단지 경치를 감상하듯이 호젓하고 여유로워 보였다.

소옥군의 틀어 올린 머리에 꽂혀 있는 비취쌍조잠이 햇빛에 반사되어 반짝이는 것이 유달리 돋보였다.

기개세는 희미한 미소를 지었다. 그는 비취쌍조잠을 자신이 소옥군에게 주는 정표(情表)라고 생각했다.

물론 혼자만의 생각이지만, 그것을 소옥군이 말없이 받았다는 것은 자신의 사랑을 받아들인 것으로 간주했다.

'보면 볼수록 예쁘군.'

속으로 그렇게 중얼거리는 기개세의 입가에 떠오른 미소가 야릇하게 조금 더 짙어지면서 그의 눈길이 이끌리듯이 소옥군의 봉긋한 젖가슴으로 향했다.

그의 젖탐이 슬그머니 눈을 떴다. 당장 손을 뻗어 그녀의 젖가슴을 만져 보고 싶지만 참았다.

다른 여자 같았으면 이미 앞섶으로 손을 넣어 실컷 주물렀을 것이다.

하지만 소옥군은 절대 아니다. 그녀는 보통 여자하고는 차원이 다르다.

기개세가 '자신의 여자' 로 점찍은 사람이지 않은가. 그러므로 그에 걸맞은 대우를 해주어야만 한다.

문득 소옥군은 기개세의 시선을 느끼고 그를 바라보다가 초승달처럼 고운 아미를 살짝 찌푸렸다.

그의 시선이 자신의 젖가슴에 뚫어지게 고정되어 있는 것을 발견한 것이다.

소옥군이 손을 들어 올리는 것을 발견한 진운상이 급히 기개세에게 물었다.

"유 형, 실례지만 지금 어디로 가는 길이오?"

기개세는 소옥군의 가슴에서 시선을 거두고 진운상을 쳐다보았다.

그러자 소옥군은 들어 올렸던 손을 내리면서 싸늘한 눈빛으로 기개세를 쏘아보았다.

기개세는 술잔을 집어들며 대수롭지 않은 듯 대답했다.

"대정숙에 가는 길이야."

"대정숙!"

그러자 진운상이 놀란 듯 낮게 외치더니 손으로 자신의 가슴을 쳐 보였다.

"불초도 대정숙에 가는 길이오."

"뭣 하러?"

기개세는 서로 간의 정식 소개가 끝났다 여기고 원래의 반말과 시건방진 태도로 되돌아갔다.

"그야 대정숙에 입교하기 위함이오."

진운상은 기개세의 언행에 신경 쓰지 않고 벙그레 미소 지으며 대답했다.

그때 두 사람은 소옥군이 뜻밖이라는 표정을 짓고 있는 것을 발견하고 설마 하는 표정으로 그녀를 쳐다보았다.

두 사람의 의도를 알아차린 소옥군은 조용히 입을 열었다.

"소녀의 목적지도 대정숙이에요."

"아……."

진운상은 놀라고도 감격한 표정을 감추지 못하고 낮은 탄성을 흘렸다.

"옥군은 대정숙에 뭐 하러 가지?"

젊은 소년 소녀가 대정숙에 가는 이유는 단 하나, 입교하기 위해서일 텐데도 기개세는 의아한 얼굴로 물었다.

그러나 소옥군은 소리 나지 않게 가볍게 냉소를 하고는 기개세를 외면했다.

'아이고! 예뻐 죽겠네.'

그 자태가 또 지독히도 예뻐서 기개세는 온몸을 떨면서 어쩔 줄을 몰라 했다. 그녀가 자신을 무시한다는 것은 아예 신경조차 쓰지 않았다.

"아마 천궁 소저도 대정숙에 입교하시려는 것 같소."

진운상이 대신 설명하자 기개세는 팔짱을 끼면서 고개를 끄덕였다.

"흠, 그렇군."

그러다가 그는 갑자기 와락 소리를 질렀다.

"와앗! 군아도 대정숙에 입교한단 말이야?"

그 바람에 소옥군과 진운상은 깜짝 놀랐다가 어이없는 표정을 지었다.

기개세에 의해서 '소옥군'이라는 이름이 '옥군'이 되었다가 결국은 '군'으로 짧아졌다.

그는 소옥군의 곁으로 바짝 붙어 앉으면서 그녀의 손을 덥석 잡고 친한 체를 했다.

"군아, 우리 앞으로 친하게 지내자. 응?"

"소녀는 그러고 싶은 마음이 전혀 없어요."

소옥군은 손을 빼면서 냉정하게 말했다. 그래도 그가 손을 잡았다고 해서 한 대 때리려고 하지 않는 것을 보면 많이 양보하고 있는 듯했다.

기개세는 개의치 않고 껄껄 웃었다.

"하하하! 우리는 가까운 사이가 될 거야!"

그러나 왠지 그의 웃음소리는 뱃전에 부딪쳐서 철썩이는 파도 소리처럼 공허했다.

이후 세 사람은 이관교까지 두 시진여 동안 대화를 하면서 보냈다.

　대화라고 해도 소옥군은 거의 말을 하지 않았고 기개세와 진운상만 말을 주고받았다.

　세 사람 모두 대정숙에 입교하러 가는 것이므로, 대화의 주제는 자연히 대정숙에 관한 것이었다.

　대정숙에 대해서 거의 아무것도 모르고 있는 기개세가 묻고 진운상이 아는 한도 내에서 열심히 설명을 해주었다.

　소림사에서는 매년 서너 명의 우수한 속가제자가 대정숙에 입교하는데, 평균 삼 년이 걸려서 입교자의 오 할 정도가 수료를 한단다.

　수료하지 못한 사람은 대정숙에 계속 남던가 소림사로 돌아가던가, 아니면 속세의 본 가로 돌아간다고 한다.

　소림사 제자들이 수료하는 수준은 대정숙 전체 평균인 사 년에 비해 일 년이나 빠르고, 오 할대의 수료율은 전체 평균 삼 할보다 꽤 높은 편이다.

　진운상의 말에 의하면 소림사와 무당파 등 구대문파와 무림 최고의 명문인 팔대세가(八代世家)를 주축으로 하여 정파의 쟁쟁한 삼십여 곳 명문세가 출신들이 대정숙의 선두를 형성하고 또 대정숙 내에서 강력한 파벌(派閥)을 형성하고 있다는 것이다.

　소림사 출신들의 대정숙에서의 영향력이 강하다 보니 진운상은 대정숙에 대해서 아는 것이 많은 편이었으며, 입교나 대정숙에서의 낯선 생활에 대해서 그다지 초조해하지 않는 것 같았다.

반면에 구대문파와 팔대세가, 삼십여 쟁쟁한 명문세가 축에 속하지 못하는 가문 출신인 소옥군은 대화가 진행될수록 표정이 조금씩 어두워졌다.

일단 대정숙에 상주하는 전체 인원만 무려 이천여 명이나 된다는 사실에 기개세는 놀라지 않을 수 없었다.

그러나 소옥군은 그 정도는 사전 지식으로 알고 있는 듯 별로 반응이 없었다.

상주 인원 이천여 명 중에서 천오백여 명 정도가 대정숙에 속한 사람들이고 사분의 일인 오백여 명이 생도라고 한다.

상주 인원 천오백여 명 중에 천이백여 명은 대정숙을 운영하는 데 없어서는 안 될 각 방면의 전문가들과 기술자, 숙수, 예인(隸人:하인, 하녀), 일꾼 등속들이다.

그리고 삼백여 명이 생도들을 가르치는 교관과 선생, 고수들이다.

크고 작은 건물의 수가 삼백여 채. 그중 공부와 수련에 사용되는 건물이 이백여 채다.

그런 설명을 들으면서 언젠가부터 기개세의 얼굴에서 웃음이 사라졌다.

그는 부모와 친구들에게 대정숙을 한 달 만에 수료하고, 가는 데 한 달, 돌아오는 데 한 달, 도합 석 달 만에 돌아오겠다고 큰소리 뺑뺑 쳤었다.

그런데 대정숙을 수료하는 데 전체 평균이 무려 사 년이나 걸리고, 소림사 속가제자들처럼 뛰어난 생도들이 삼 년 정도라는 기가 막힌 소리를 들었다.

그러므로 기개세가 아무리 노력한다고 해도 최소한 삼 년 동안은 대정숙에서 머물러야 한다는 얘기다.

그것도 소림사의 뛰어난 속가제자들과 어깨를 나란히 해야지만 가능한 일이다.

'삼 년이면 내 나이 이십 세.'

온갖 재미와 신나는 일로 가득 찬 새파란 청춘을 삼 년씩이나 허비해야 한다는 생각만으로도 정신이 아득했다.

'이건 말도 안 된다.'

제일 먼저 떠오른 생각은 대정숙에 가는 것을 당장 때려치우는 것이다.

두 번 생각할 것도 없다. 어떻게 타지에서, 그것도 생판 모르는 대정숙이라는 울타리 안에 갇혀서 감금 아닌 감금 생활을 삼 년씩이나 할 수 있단 말인가.

그때 문득 사도구련 총련 대전에서 있었던 일들이 기다리고 있었다는 듯 머리에 가득 떠올랐다.

조부 천사존 기화종이 죽었다. 그는 모친 한송연과 함께 절대적인 기개세 편이었다.

조부는 기개세에게 단 한 번도 찡그리거나 화난 얼굴을 보여준 적이 없었다.

기개세가 무슨 짓을 저질러도, 아무리 버릇없이 굴어도 조부는 그저 껄껄 웃으며 마냥 그를 귀여워했다.

그런 조부가 죽었다. 그런데도 기개세는 조부의 죽음을 별로 슬퍼하지 않았던 것 같다.

기개세더러 대정숙에 입교하라고 한 것은 조부의 마지막 유언이다.

그런데도 그는 가지 않겠다고 길길이 날뛰다가 모친 한송연에게 생전 처음 호되게 뺨을 얻어맞았다.

"이 어미에겐 죽을 때까지 효도하지 않아도 좋다. 그러나 할아버님께는 아니다."

그렇게 비장한 모친의 모습을 기개세는 그날 처음 보았다.

돌이켜 생각해 보면 기개세는 조부는 물론이고 모친에게도 효도라는 것을 한 번도 해본 적이 없다.

효도는커녕 사고만 치고 속만 새카맣게 썩이는 것이 그의 매일 일과였다.

"만약 네가 대정숙에 가지 않는다면, 할아버님 곁에 누워 있는 어미의 시신을 보게 될 것이다."

그 당시에는 모친이 도대체 어떤 심정으로 그런 말을 했을 것이라는 생각을 왜 하지 못했던 것일까?

그런데 지금은 아주 조금쯤은 알 것 같다. 제이의 모친 하여상 덕분이다.

그녀가 기개세에게 학문을 가르쳤다. 그 학문의 첫 번째가 효(孝)이고, 두 번째가 충(忠), 세 번째가 예(禮)였다.

하여상이 가르쳐 주기 전까지 기개세는 효와 충, 예가 무엇인지 알려 하지도, 알고 싶지도 않았다.

지금 생각해 보니까 그는 낙성검가에서 보낸 한 달 동안 참 많은 것을 배운 것 같다.

'배움이라……'

배우고 나니까 많은 것이 달라졌다. 세상과 사람을 보고 대하는 시각이 달라졌다.

무엇보다도 배움의 안목으로 세상을 보니까 전에는 느끼지 못했던 것들을 느낄 수 있고 이해할 수 없었던 것들을 이해하게 되었다.

예전에는 그런 것이 세상에 있었는지조차도 몰랐는데 이제는 그때 안 보이던 것들이 눈에 띄었다.

배움은 세상을 밝게 보도록 하는 것이고, 몰랐던 것들을 알게 하는 것이다.

배우지 못하면 눈뜬장님이고, 많이 배울수록 많은 것을 볼 수 있을 터이다.

　겨우 한 달 동안 학문을 공부했을 뿐인데 이 정도라면 만약 서너 달쯤 더 공부를 하면 더 많은 것을 보고 느낄 수 있을 것이다.

　지금도 세상에는 기개세가 모르는 것들이 수두룩할 터이다. 그것들을 알려면 더 많은 학문을 배워야 한다는 생각이 들었다.

　만약 낙성검가에서의 한 달이 없었더라면, 기개세는 소옥군과 진운상에게 그토록 멋진 자기소개를 하지 못했을 것이고, 두 사람은 기개세를 무식한 건달 정도로 여겼을 것이다.

　"진 형, 효도 해봤어?"

　술잔을 만지작거리면서 기개세가 불쑥 물었다. 무의식중이지만 그가 진운상을 '진 형'이라고 부른 것은 처음이다.

　어쩌면 효, 충, 예에 대해서 깊이 생각하던 중에 자신도 모르게 나온 말일 것이다.

　진운상은 기개세의 뜬금없는 물음에 잠시 어색한 표정을 짓더니 씁쓸하게 입을 열었다.

　"불초는 형단영척(形單影隻)의 신세라서 효도를 해본 적이 없다오."

　"쉬운 말로 해봐."

　기개세는 소옥군 앞에서 자신의 무식이 드러나는 것을 지금은 별로 신경 쓰고 싶지 않았다.

　"불초는 고아요. 아주 어렸을 때 화전을 일구던 부모님이

산적들에게 돌아가셨소. 그때 불초는 고작 다섯 살이었소. 부모님께 효도를 하기에는 너무 어린 나이였소. 나는……."

진운상은 말을 잇지 못했다. 잠시 후에 다시 말을 잇는데 그의 목이 꽉 잠겼다.

"그 이후 근처의 작은 현에 사시는 숙부님께 거두어져서 살았소. 숙부님과 숙모님께 부모님 몫까지 몸이 부서질 정도로 효도를 했었으나 언제나 부족하다는 마음뿐이었소. 이후 소림사 장로님 눈에 띄어서 지금 사부님의 제자가 된 후로는 숙부님 내외께도 효도를 할 기회가 없었소. 이번 대정숙에 가는 길에 십여 년 만에 숙부님 댁에 들렀더니… 많이 늙으셨더군요."

기개세가 쳐다보니 진운상의 두 눈에 안개가 뿌옇게 서렸다. 그는 필경 여린 마음의 소유자가 분명했다. 옛일을 돌이키는 것만으로 슬픔에 잠기다니…….

"너무나 안타까운 것은… 그 당시에 불초가 너무 어려서 부모님의 모습을 제대로 기억하지 못한다는 사실이오. 세월이 흐를수록… 부모님 모습이 자꾸만 흐려지고 있소. 이러다가 어느 날엔가는 그분들 모습을 완전히 잊어버릴까 봐 그것이 가장 두렵소."

이상한 일이다. 진운상의 독백과 같은 말은 고스란히 기개세의 가슴속으로 스며들고 있었다. 그래서 그도 그와 비슷한 심정이 돼버렸다.

"한 가지 소원이 있다면… 부모님을 한 번만이라도 만나고 싶다는 것이오. 그래서 그분들에게 내가 얼마나 보고 싶어하는지 말씀드리고… 이렇듯 올바르게 자랐다는 것을 보여드리고 싶소. 그리고… 아들로서 못다 한 효도를 단 한 번이라도 해보고 싶소."

그 말을 끝으로 진운상은 고개를 푹 숙였다. 몸을 가늘게 떨고 두 주먹을 움켜쥐고 있는 것으로 미루어 울거나 울음을 참고 있는 듯했다.

하지만 기개세는 그에게 효에 대해서 괜히 물어봤다는 후회를 하지는 않았다. 그의 진심 어린 말에서 깨달은 것이 많았고 또 컸기 때문이다.

가슴이 먹먹했다. 진운상은 참으로 불행한 과거를 지니고 있으며 지금도 과거에서 벗어나지 못하고 있는 듯하다.

특히 그의 마지막 말이 커다란 범종처럼 기개세의 가슴을, 아니, 심장을 둥둥 울리고 있다.

부모님을 한 번만이라도 만나고 싶다는 것. 그가 얼마나 부모를 보고 싶어했는지, 그리고 올바로 자란 모습을 보여주고 싶다고 했다.

그리고 또 아들로서 못다 한 효도를 단 한 번만이라도 해보고 싶다고도 했다.

기개세의 부모는 죽지 않았다. 시퍼렇게 살아 있어서 언제든지 보고 싶으면 볼 수 있으며 효도도 할 수 있다. 그러나 그는 효도를 해본 적이 없다.

진운상은 좀처럼 고개를 들지 못했고, 몸이 떠는 것을 멈추지 못했다.

그때 예기치 않았던 일이 일어났다. 소옥군이 팔을 뻗더니 진운상의 머리를 부드럽게 자신의 가슴에 안았다.

진운상의 몸이 움찔 크게 떨렸다. 그러나 그는 곧 소옥군의 품 안에서 울음소리를 내지 않으려고 애쓰면서 흐느껴 울기 시작했다.

소옥군은 그의 머리카락을 쓰다듬었고, 그녀도 눈물을 흘리고 있었다.

그 광경을 보면서 기개세는 소옥군에게서 새로운 모습을 발견했다. 그러나 그것이 무엇인지는 모른다. 다만 아련하게 느낄 뿐이다.

그는 모르지만 세상에서는 소옥군의 그런 모습을 '성스럽다' 고 한다.

소옥군은 성녀(聖女)였다.

第二十章
살인멸구(殺人滅口)

大夫

대사부

'저자들은?

소랑의 얼굴에 가벼운 놀라움이 떠올랐다.

그녀의 시선은 관도에 고정되어 있었다. 관도에는 한 대의 마차와 한 대의 수레가 일렬로 멈춰 있었다.

앞쪽 마차의 마부석에는 유정이 앉아 있고, 그 뒤쪽 소가 끄는 수레에는 유석이 앉아 있었다.

그들은 기개세가 떠난 지 불과 한나절 만에 서둘러 낙성검가를 출발했다.

원래 집 안을 정리하고 장원을 매물로 내놓는 것까지 하면 이삼 일은 족히 걸릴 텐데, 하여상이 꼭 필요한 물건만 챙기고 장원은 팔지 않기로 결정을 하자 한나절 만에 출발할 수 있게 된 것이다.

그런데 낙성검가를 출발한 지 채 일각도 지나지 않아서 마차와 수레가 멈춰 섰다.

전면에 일단의 낯선 무리가 관도를 가로막은 채 서 있었기 때문이다.

무리는 모두 이십 명이고, 칙칙한 짙은 회색의 경장을 입었으며 하나같이 어깨에 도를 메고 있는 모습이다.

소속을 나타내는 복장을 입지 않고 견장을 하지 않았으나 소랑은 그들이 누군지 단번에 알아보았다.

'저들이 어째서 이런 곳에……'

관도에서 가까운 숲에서 하여상 일행을 따르고 있던 소랑은 나무 뒤에 모습을 감춘 채 눈을 가늘게 뜨고 회의경장인들을 쏘아보았다.

사도구련 총련 휘하에는 총련주 직속인 총사군(總邪軍)과 구련주, 즉 사도구로 휘하의 구사련군(九邪聯軍)이 있다.

소랑의 기억이 틀리지 않는다면, 지금 마차와 수레를 가로막고 있는 자들은 구사련군 중에서 육사련군(六邪聯軍) 휘하가 분명했다.

일 개 사련군에는 일군(一軍), 삼부(三府), 육대(六隊), 이십사로(二十四路)가 포진되어 있는데, 저들은 이십사로 중에 제십칠로(第十七路)의 고수들이다.

그런데 무창성에 있어야 할 저들이 무엇 때문에 이곳에 나타나서 낙성검가 사람들을 가로막고 있는 것인지 소랑으로선 아무리 생각해 봐도 모를 일이다.

그렇지만 한 가저 사실만은 분명하다. 내자불선(來者不善)이라 했으니 저들 십칠로 사도고수들이 필경 좋은 목적으로 마차와 수레를 막아서지는 않았을 것이다.

그러나 저들의 목적이 무엇일지라도 소랑은 전혀 고민하지 않았다.

그녀는 기개세로부터 낙성검가 사람들을 호위하라는 명령을 받았으므로 저들이 공격을 하더라도 그 소임을 다하면 될 일이다.

"우리에게 볼일이 있나요?"

유정은 마차를 막아선 무리가 좋은 뜻을 갖고 있지는 않을 것이라 짐작하고 마부석에 앉은 채 그들을 쏘아보며 낭랑한 목소리로 입을 열었다.

두 줄로 넓게 관도를 완전히 막아선 이십 명 중에서 앞줄 한복판에 있는 인물, 즉 십칠로주가 유정에게 정중히 포권을 했다.

"혹시 낙성검가 사람들이시오?"

"그렇다면 어쩔 생각이죠?"

스릉!

십칠로주는 천천히 어깨의 도를 뽑았다.

"안됐지만 죽어줘야겠소."

그것을 신호로 나머지 십구 명도 일제히 도를 뽑았고, 그와 동시에 어쩌고저쩌고 할 새도 없이 마차와 수레를 향해 곧장 공격해 갔다.

쐐아아!

그들의 동작은 일사불란하고 민첩해서 결코 어중이떠중이로 여겨지지 않았다.

십칠로 이십 명이 행동을 개시하자마자 유정은 검을 뽑으며 마부석에서 뛰어내렸고, 마차 안에서 하여상이 검을 움켜쥐고 뛰쳐나왔으며, 수레의 유석도 검을 뽑아 들고 마차로 쏜살같이 달려왔다.

"정아! 아버님을 호위하자!"

유석이 외치면서 마차의 오른쪽 문으로 달려가자 유정은 마차 왼쪽을 등진 채 검을 힘껏 움켜잡았다.

마차 안에는 병환 중인 부친 유당환이 누워 있다. 유석, 유정 남매가 마차를 보호하는 사이에 가장 고강한 하여상이 십칠로 사도고수들을 상대하러 앞으로 나섰다.

낯선 무리들이 얼마나 강한지는 한차례 부딪쳐 보면 즉시 알 수 있을 것이다.

하여상과 유석, 유정의 얼굴에 더할 수 없이 비장한 각오가 역력하게 떠올랐다.

낙성검가의 재기의 부푼 희망을 안고 장도에 올랐는데 이유도 모르는 채 길거리에서 주저앉을 수는 없는 일이다.

십칠로주와 네 명이 하여상을 공격하러 쏘아가고, 나머지 십오 명은 두 갈래로 쫙 갈라지며 마차의 양쪽으로 강물이 흐르듯이 쏘아갔다.

하여상이 자신을 향해 선두에서 공격해 오는 십칠로주를 노려보면서 유석과 유정에게 외쳤다.

"석아! 정아! 절대 물러서지 마라!"

"염려 마세요, 어머니!"

세 사람은 그렇게 외치면서도 왠지 뭉클뭉클 피어오르는 불길함을 떨쳐 버릴 수가 없었다.

낯선 무리가 일사불란하게 공격해 오는 광경만 보고도 그들이 결코 이름없는 자들이 아니라는 사실을 간파했기 때문일 것이다.

드디어 십칠로주와 하여상이 제일 먼저 맞부딪쳤다.

쐐애액!

허공을 가르면서 귀청을 에이는 파공음을 내며 곧장 정수리를 갈라오는 십칠로주의 공세는 위력적이면서도 매우 쾌속했다. 그리고 하여상으로서는 처음 보는 도법이었다.

과연 하여상이 예상했던 대로 상대는 만만한 자들이 아니었다.

슉!

그러나 하여상은 피하지 않고 오히려 십칠로주를 향해 곧장 마주쳐 가며 검을 뻗었다.

그러면서 상체를 왼쪽으로 기울여 정수리를 쪼개오는 도를 오른쪽 어깨로 흘리면서 수중의 검을 상대의 목을 향해 번개같이 뻗어냈다.

그 정도면 상대를 죽이지는 못하더라도 자세를 무너지게 하여 다음 초식으로 요절을 낼 수가 있을 것이라고 여겼다.

그런데 십칠로주는 자신의 목을 향해 찔러오는 하여상의 검을 피하지도 물러서지도 않았다.

"……!"

순간 하여상은 움찔했다.

키잇!

상체를 비틀어 피했다고 여긴 십칠로주의 도가 세로로 내리긋다가 급격히 방향을 바꾸어 그녀의 목을 베어오고 있는 것이다.

하여상이 계속 검을 뻗으면 상대의 목을 찌를 수는 있겠으나 그리되면 그녀 역시 목이 잘라진다.

그녀는 이런 식으로 싸우는 사람을 처음 보았다. 하지만 자신의 안위는 개의치 않고 상대를 공격하는 자들에 대한 소문은 들은 적이 있다.

'이자들은 사도고수다!'

그러나 생각은 거기까지다. 잡념의 결과는 동귀어진(同歸

於盡)으로 끝날 것이다.

휙!

하여상은 허리를 비틀어 몸을 날리면서 도를 피하는 것과 동시에 십칠로주를 향해 재차 검을 떨쳤다.

파아아!

검첨이 버드나무 나뭇가지 끝에 매달린 잎사귀가 바람에 흔들리듯 가늘게 떨면서 순식간에 십칠로주의 얼굴과 목, 가슴 세 군데의 급소를 찔러갔다.

이번만큼은 십칠로주도 너 죽고 나 죽자는 동귀어진으로 나오지 못했다.

무리하게 시도했다가는 하여상의 옷자락도 건드리지 못하고 자신만 죽게 될 것이기 때문이다.

십칠로주는 급히 도를 거두면서 훌쩍 뒤로 몸을 날려 공격권에서 벗어났다.

이 한 번의 짧은 부딪침으로 하여상은 십칠로주가 자신보다 한 수 아래라는 사실을 확인했다.

그렇지만 그녀는 약세를 보인 십칠로주를 계속 공격할 수 없게 되었다.

십칠로주와 함께 쏘아오던 네 명의 사도고수가 그녀를 향해 합공을 개시한 것이다.

쉬쉬쉭!

패애액!

네 명의 사도고수는 십칠로주보다는 하수지만 그들의 합공은 한 명의 십칠로주가 더 있는 것보다 조금 더 강했다.

물러났던 십칠로주가 득달같이 덮쳐오는 것이 보였다.

힘든 싸움이 될 것 같은 예감이다. 그러나 그보다는 유석과 유정이 걱정이다.

그들은 하여상보다 한 수 아래다. 그런데 각자 칠팔 명씩의 사도고수를 상대해야 한다.

그것은 두 명의 십칠로주를 상대하는 것이나 같다. 유정보다 반 수 정도 강한 유석이라고 해도 십칠로주를 상대하지는 못한다.

차차차차창!

십칠로주와 네 사도고수의 협공에 갇혀서 꼼짝도 하지 못하는 하여상의 귀에 마차 쪽에서 요란하게 무기 부딪치는 소리가 들렸다. 그녀에게 그 소리는 자식들의 애끓는 비명 소리처럼 여겨졌다.

싸움이 시작되자마자 유석과 유정은 위험한 상황에 처해버리고 말았다.

두 사람은 관도를 막고 갑자기 급습을 하는 무리들이 어중이떠중이 산적이나 녹림 무리일 것이라고 예상했다.

그런데 막상 뚜껑을 열어보니 전혀 그게 아니다. 유석은 두 명의 적을 간신히 상대할 수 있을 정도고, 유정은 두 명은 벅차고 한 명은 수월한 편이다.

그런데 유석에게는 무려 여덟 명이, 유정에겐 일곱 명이 합 공을 하고 있으니, 두 사람이 다섯 호흡을 견딘다면 기적일 것이다.

쐐애액! 쌔액!

아니, 다섯 호흡까지 가지도 못할 상황이다. 지금 당장 무시무시하게 찌르고 베어오는 여러 자루 도에 의해서 온몸이 난도질당할 급박한 상황이다.

더구나 유석과 유정은 마차를 등지고 있어서 그만큼 행동 반경이 좁다.

피하면 마차가 부서질 것이고, 그리되면 안에 누워 있는 병환 중인 부친이 위험해진다. 그야말로 진퇴유곡(進退維谷)의 상황이다.

명문가의 사람들이 명문이라고 불릴 만한 자격이 있는 이유는, 자신의 목숨이 아무리 위태로워도 절대로 가족이나 친구를 버리지 않고 믿음을 저버리지 않기 때문이다.

차차차차차창!

마차 양쪽에서 요란하기 짝이 없는 무기 부딪치는 소리가 터졌다.

절대 물러설 수 없는 유석과 유정은 몸으로 쏟아지는 도들을 정신없이 막고 또 막았다.

그러면서도 비명을 지르거나 도움을 청하지 않는다. 자신보다 가족이 더 위태롭다는 사실을 알기 때문이다.

그러나 버티는 것은 한계에 도달했다. 강력한 도하고 부딪치다 보니 검은 이가 빠져서 너덜너덜해졌다.

'아… 안 돼! 더 이상 버티지 못하겠어.'

하얗게 질린 유정의 얼굴에 절망의 그늘이 짙게 드리워졌다.

파파파팍!

"허윽!"

"끅!"

그 순간 유석과 유정을 맹공격하던 사도고수 중에서 선두의 각기 두 명씩 네 명이 느닷없이 답답한 신음을 흘리면서 상체가 뒤로 확 꺾였다.

유석과 유정은 물론이고 사도고수들조차 아무것도 보지 못했다. 그저 싸우다가 네 명이 갑자기 상체가 뒤로 확 젖혀진 것이다.

이유야 어찌 됐든, 그들로 인해서 공격하던 다른 사도고수들이 서로 뒤엉키며 당황했다.

그 틈을 놓치지 않고 유석과 유정은 재빨리 한 명씩의 사도고수를 찔러 죽였다.

"허엇?"

그때 유정을 공격하던 사도고수 중에 한 명이 허공을 쳐다보며 다급한 헛바람 소리를 냈다.

허공에서 붉은 인영 하나가 이쪽을 향해 비스듬히, 그러나 쏜살같이 쏘아오고 있는 것을 발견한 것이다.

붉은 복면을 하고 붉은 홍의를 입은 인영은 바로 소랑이다. 얼굴을 드러내선 안 되기 때문에 복면을 한 것이다.

그녀는 머리를 아래로 하고 가지런히 뻗은 두 발을 위로 한 자세로 곧장 쏘아오다가 허리춤에서 무언가를 뽑았다.

촤악!

그 상황에서 소랑을 발견한 사람은 방금 헛바람 소리를 낸 사도고수 한 명뿐이다.

쉬악!

그러나 그는 소랑의 첫 번째 제물이 되고 말았다. 그녀의 오른손에 쥐어진 붉고 긴 띠 같은 것이 그의 이마 부위를 바람결처럼 스치는가 싶더니 미간에서 푹! 하고 한 움큼의 피가 뿜어졌다.

"큭!"

소랑은 지상에 내려서기 전에 한 명의 사도고수를 더 죽였다. 그자 역시 미간에서 한 움큼의 피를 뿜어내면서 상체가 뒤로 젖혀졌다.

소랑은 순식간에 두 명을 죽이고는 허공에서 한 바퀴 빙글 공중제비를 돌면서 사도고수들의 뒤쪽으로 마차를 향해 소리 없이 내려섰다.

유정을 공격하던 사도고수 일곱 명 중에서 네 명이 소랑에게, 한 명이 유정에게 죽고 남은 자는 두 명뿐이다.

휘리릭!

소랑의 오른손에 쥐어진 붉은 띠 같은 것이 뱀처럼 구불구불하게 뻗어나가 또다시 한 명의 사도고수 뒤통수를 가볍게 콕 찔렀다.

팍!

"컥!"

그자 역시 뒤통수에서 한 움큼의 피를 뿜으며 앞으로 고꾸라졌다.

소랑은 유정 쪽에 사도고수 한 명만을 남겨둔 채 훌쩍 신형을 솟구치더니 빙글빙글 공중제비를 두 바퀴 돌아 마차 반대편 유석 쪽에서 다리를 아래로 한 자세로 내리꽂히며 수중의 붉은 띠를 번개같이 떨쳤다.

파라락!

이번에도 그녀는 지상으로 내려서기 전에 붉은 띠를 떨쳐서 두 명의 미간에서 한 움큼씩의 피를 뿜어내게 했다.

그녀가 공격하는 것을 사도고수들은 미처 알아차리지도 못했고, 설사 알았다고 해도 절대 막거나 피하지 못할 것이었다.

사도구로의 한 명인 요미선의 진전을 오 할 정도 이룬 소랑의 실력은 일류고수의 수준으로 혼자서 이곳에 있는 사도고수 이십 명을 상대할 수 있을 정도다.

순간적으로 유정은 얼떨떨한 상태가 됐다. 눈 두 번 깜빡이

는 짧은 시간에 자신의 목전에서 벌어진 놀라운 광경이 꿈인
지 현실인지 쉽사리 믿어지지 않았다.

하지만 졸지에 동료 여섯 명을 잃고 혼자 남게 된 사도고수
의 놀라움과 당황함에 비할 수는 없다.

어떻게 된 상황이든 그녀는 눈앞에 있는 한 명의 적만 상대
하면 된다는 현실을 믿기로 했다.

마차 주변에는 열아홉 구의 사도고수 시체들이 여기저기
어지럽게 쓰러져 있었고, 황토색의 관도 위에는 선혈이 낭자
하게 뿌려져 있다.

하여상과 유석, 유정은 마차 주위에 모여서서 사도고수 시
체들을 굽어보고 있었다.

관도를 가로막은 이십 명의 사도고수들이 급습을 시작하
여 한바탕 싸움이 벌어진 엄청난 사건에 비해서 싸움이 끝나
기까지 걸린 시간은 일다경에 불과했다.

하여상과 유석, 유정 세 사람은 아무도 입을 열지 않았다.

죽은 자들이 누구며 무슨 이유로 공격을 한 것인지 궁금했
으나, 그보다는 느닷없이 몰아닥친 일로 인한 정신적인 충격
이 커서 그것을 추스르느라 시체들을 보면서 복잡한 생각만
머릿속에 가득했다.

처음에 공격한 자들은 이십 명인데 죽어 있는 자는 열아홉
명뿐이다.

한 명이 도주를 했고 소랑이 그를 추격한 지 반 다경쯤 지나고 있었다.

"석아, 아버님께 가보아라."

이윽고 하여상이 유석에게 지시하고 나서 검에 묻은 피를 닦아 어깨의 검실에 꽂았다.

그녀는 먼 길을 떠나면서 오랜만에 검을 어깨에 멨는데, 집을 나서자마자 사용하게 될 줄은 몰랐다.

"어머니, 이자들은 누굴까요?"

정신을 수습한 유정이 아직까지 해쓱한 얼굴로 시체에서 눈길을 떼지 못한 채 중얼거리듯 물었다.

"사도고수들인 것 같다."

하여상은 어두운 얼굴로 대답했다.

"사도고수들이 무엇 때문에……."

유정은 깜짝 놀라 하여상을 바라보았다.

"거기까지는 어미도 모르겠구나."

두 사람의 대화는 거기에서 끊어졌다. 마차에서 유석이 내려섰고, 그 너머로 소랑이 이쪽으로 쏘아오고 있는 모습이 보였기 때문이다.

소랑은 도주하던 십칠로주를 끝내 따라잡아 죽이고 돌아오는 길이다.

제대로 훈련을 받은 사도고수들은, 더구나 사도구련 총련 휘하의 사도고수들은 절대 도주 같은 것을 하지 않는다.

십칠로주가 도주를 했다면 그것은 소랑의 정체를 알았기 때문일 것이고, 그 사실을 총련에 알리려는 의도였을 것이다.

소랑은 그렇게 판단했고, 그래서 십칠로주를 죽였다.

하기야 복면을 했더라도 소랑의 피처럼 새빨간 눈동자를 보면 그녀가 누군지 단번에 알아볼 것이다.

소랑은 사도구련 총련에서 얼굴이 많이 팔리지 않았으나 그녀의 눈동자가 빨갛다는 소문은 파다하게 퍼져 있었다.

만약 십칠로주가 소랑의 정체와 그녀가 이곳에서 한 일을 총련에 보고한다면 평지풍파가 벌어질 것은 자명한 일이다.

소랑은 기개세로부터 낙성검가 가족을 보호하라는 명령을 받았으므로 임무를 수행한 것뿐이다.

하지만 결과적으로 사도고수들끼리 싸워서 소랑이 이십 명을 몰살시킨 꼴이 되고 말았다.

기개세의 명령에 따랐다고는 하지만, 소랑도 머리가 있는 사람이므로 십칠로주 등이 무엇 때문에 낙성검가를 급습했는지에 대해서는 생각하지 않을 수 없다.

그녀의 생각으로는 살인멸구(殺人滅口)인 듯했다.

즉, 사도구련 총련주의 외아들인 기개세를 명문세가인 낙성검가의 아들로 위장하여 대정숙에 입교시키는 편법을 사용한 사실을 낙성검가 사람들을 몰살시킴으로써 영원히 비밀로 묻어두려는 의도인 것이다.

그러나 그것은 소랑에 의해서 철저히 와해됐다.

아니, 소랑은 기개세의 명령에 따랐으므로 기개세에 의해서 와해됐다고 봐야 한다.

소랑은 하여상 등을 향해 달려가면서 수중의 붉은 띠를 허공에 대고 가볍게 떨쳤다.

파아!

그러자 붉은 띠에 흠뻑 묻어 있던 피가 허공에 뿌려졌다.

붉은 띠는 원래 한 자루 붉은 연검(軟劍)이다. 종잇장처럼 얇아서 다루기가 몹시 어렵기 때문에 무림인들은 사용하기를 꺼려한다.

하지만 고된 수련 과정을 거친 후에 다루는 것이 능숙해지면 연검만큼 뛰어난 무기도 없다.

그녀는 마차 가까이에 이르러 연검을 허리띠처럼 허리에 두르고 멈춰 섰다.

그러자 하여상과 유석, 유정이 나란히 서서 소랑에게 공손히 포권지례를 하며 고개를 숙였고, 하여상이 입을 열었다.

"뉘신지는 모르나 하늘 같은 은혜를 입었습니다."

소랑은 묵묵부답, 죽은 사도고수 사이를 돌아다니면서 그중 네 명의 이마에 깊숙이 꽂혀 있는 붉은색의 별 모양의 암기를 뽑아 품속에 갈무리했다.

그것은 그녀가 최초에 사도고수 네 명의 미간을 맞힌 암기였다.

그 암기를 회수하는 일이 아니었으면 소랑은 십칠로주를

죽이고 그대로 사라졌을 테지 구태여 이곳까지 오지는 않았을 것이다.

이후 그녀는 하여상 등에게는 눈길 한 번 주지 않고 훌쩍 신형을 날려 숲 속으로 사라져 버렸다.

"잠깐 기다려요!"

놀란 하여상이 급히 소리치면서 숲으로 뒤쫓았으나 잠시 후에 되돌아오고 말았다. 숲에 들어서니 소랑의 모습이 감쪽같이 사라진 것이다.

모든 것이 의문투성이다. 사도고수로 추정되는 이십 명이 무엇 때문에 급습을 한 것이며, 홀연히 나타나서 하여상 가족을 구해주고 말 한마디 없이 사라진 복면인은 대체 누구란 말인가.

부푼 희망을 안고 그동안 정들었던 장원을 버리고 먼 길을 떠나는 초입에서 이런 일을 당한 것은 과연 무엇을 암시하고 있는 것인가.

"어머니, 우리를 구해준 그 사람, 여자였어요."

모두 알고 있는 사실을 유정이 말해주었다.

소랑은 유정에 비해서 머리 반 정도는 작고 아담한 체구다.

그리고 몸에 굴곡이 있으니 여자라는 것을 누구라도 알 수 있을 터이다.

"그 사람 눈동자가 특이하게도 붉은색이었습니다. 혹시 어머니께서도 보셨습니까?"

이번에는 유석이 말하고 나서 하여상에게 물었다.

"봤다."

하여상이 고개를 끄덕이자 그 사실을 모르던 유정이 가볍게 놀라는 표정을 지었다.

"눈동자가 붉다는 것은 사공(邪功)이나 마공(魔功) 등 요사스러운 무공을 익혔기 때문이 아닌가요? 그렇다면 그 여자는 필경 좋은 사람이 아니겠군요?"

그러자 하여상이 엄한 얼굴로 유정을 꾸짖었다.

"닥쳐라!"

유정은 찔끔해서 하여상을 쳐다보았다. 그녀가 왜 꾸짖었는지 알기 때문이다.

하여상은 유석과 유정을 보며 엄히 일렀다.

"그분은 우리 일가를 죽음에서 구해준 은공이시다. 설혹 천하가 그분을 욕하더라도 우리만은 그래선 안 된다. 목숨의 빚은 목숨으로 갚는 법. 너희는 이 점을 명심해야 한다."

"명심하겠습니다, 어머니."

유석과 유정은 공손히 허리를 굽혔다.

第二十一章
꼼수의 결과

　배는 정오를 훌쩍 지난 미시(未時:오후 2시)에 이관교 포구에 당도했다.

　그곳에서 진운상이 배에서의 신세를 갚겠다며 저녁 식사를 대접하겠다고 조심스럽게 말했을 때, 기개세와 소옥군은 사양하지 않고 그가 이끄는 주루로 향했다.

　주루는 방금 도착한 배에서 내린 사람들로 발 디딜 틈 없이 복잡했다.

　기개세 일행은 어렵사리 구석에 자리를 잡고 앉았다.

　그러나 여행을 별로 해보지 않은 소옥군과 진운상은 마땅히 무엇을 주문해야 좋을지 망설였다.

　　바로 그때 무창성의 내로라하는 기루와 주루를 두루 섭렵
한 기개세가 보란 듯이 몇 가지 요리와 술을 주문했다.

　　그것들은 하나같이 주루에서 가장 비싸고 맛있는 요리였
으며, 그것들이 차례로 기개세 일행의 탁자에 차려질 때마다
진운상이 좌불안석, 어쩔 줄 모르는 것을 발견한 사람은 기개
세뿐이었다.

　　사실 진운상은 소림사를 떠날 때 사부에게 은자 삼백 냥의
노잣돈을 받았다.

　　소림사가 있는 하남성 등봉현 숭산에서 낙양성까지는 불
과 백여 리 남짓 가까운 거리고 하룻길이라서 은자 열 냥이라
도 남았다.

　　하지만 사부 혜각 선사는 진운상이 숙부 댁에 들를 것이라
고 짐작하여 두둑한 노잣돈을 주었던 것이다.

　　사부의 짐작대로 진운산은 십여 년 만에 찾은 가난한 숙부
댁에 갖고 있는 돈 거의 전부를 내어주고 자신의 몫으로는 달
랑 은자 스무 냥만 챙겼다.

　　스무 냥 중에서 이곳까지 오는 동안 열다섯 냥을 쓰고 다섯
냥밖에 남지 않았다.

　　그런데 기개세가 요리를 한꺼번에 여러 개나 시켰으며, 진
운상이 보기에도 그것들은 꽤 비쌀 것 같았다.

　　진운상은 여행하는 내내 가장 값싼 계탕면이나 만두 따윌
먹었으며, 그것들은 기껏해야 각전 두어 푼밖에 하지 않았다.

은자 한 냥이면 그런 것을 열 그릇 이상 먹을 수 있는 것이다.

그는 이곳에서 식사비를 지불하고 나면 돈이 얼마 남지 않을 것이고, 그것으로 낙양성까지 갈 수 있을지를 걱정하고 있었다.

그런 걱정을 알 리가 없는 기개세와 소옥군은 맛있게 식사를 하고 있었지만 진운상은 음식이 소태 같아서 도통 목에 넘어가지 않았다.

"그런데 군아, 이제 어떻게 할 거야?"

그때 입 안에 음식을 가득 씹던 기개세가 양볼을 불룩하게 부풀린 채 생각난 듯 소옥군에게 물었다.

오물오물 밥 먹는 것조차 너무나도 예쁜 소옥군이 흑백이 또렷하고 더없이 맑은 눈으로 기개세를 바라보았다.

그녀는 기개세가 자신을 어떻게 부르건 더 이상 신경 쓰고 싶지 않은 듯했다.

아니, 기개세에게 아무리 그러지 말라고 말해봐야 쇠귀에 경 읽기라서 아예 포기해 버렸다.

그런 것을 기개세는 이제 그녀가 고분고분해진 것으로 착각하여 입이 함지박처럼 벌어졌다.

"응. 우물우물… 여기에서 낙양까지 어떻게 갈 거냐고."

"어떤 방법이 있죠?"

"에, 또, 가설라무네, 이곳 이관교에서 절천강(浙川江)을 배로 백오십여 리쯤 거슬러 올라 서협구(西峽口)라는 마을까지

가서 그곳에서 육로로 외방산(外方山) 자락을 넘어가는 방법이 있고, 두 번째는 아예 이곳에서부터 낙양성까지 육로로 가는 방법이 있지. 에헴!"

그는 배에서 선원에게 물어 미리 알아두었던 지식을 마치 처음부터 알고 있었던 양 신나게 떠들어댔다.

소옥군은 옆자리에 앉은 진운상을 바라보았다.

"진 소협은 어떻게 하시겠어요?"

기개세가 기껏 소옥군에게 물었는데 그녀는 진운상에게 묻고 있다.

그러나 기개세는 아무렇지도 않다. 소옥군이 그러는 것도 다 여자의 귀여운 앙탈쯤으로 생각하기 때문이다. 그래서 마냥 예쁘기만 하다.

음식값 때문에 마음이 초조하기만 한 진운상은 그저 건성으로 대답했다.

"불초는 유 형이 하자는 대로 하겠습니다."

기개세는 속으로 쾌재를 불렀으나 겉으로는 드러내지 않고 열심히 먹기만 했다.

소옥군은 기개세를 보며 엷은 미소를 지었다.

"유 소협이 좋으실 대로 하세요. 소녀는 그대로 따르겠어요."

"흐으……"

그러자 기개세의 표정이 헤벌쭉 풀어지면서 입에서 침이

죽 늘어졌다.

소옥군이 ‘소녀를 마음대로 하세요’ 라고 말하는 것으로 상상을 한 것이다.

그걸 보고 소옥군이 가볍게 놀라서 물었다.

“어디 아픈가요?”

“아니.”

기개세는 시침 뚝 떼고 자리에서 일어나 한마디 던지고는 부리나케 밖으로 나갔다.

“식사 다 하고 포구에 있는 다루에서 기다려.”

“얼마요?”

진운상은 회계대 앞에 서서 은자 다섯 냥이 들어 있는 돈주 머니를 품속에서 꺼내며 물었다.

그의 뒤에는 소옥군이 다소곳이 서 있었다.

“은자 열다섯 냥입니다.”

“열다섯…….”

진운상의 얼굴에 경악지색이 가득 떠올랐다.

사실 그는 자신의 목을 칼로 찌른다고 해도 지금 같은 표정을 짓지 않을 정도로 용감하지만 음식값 은자 열다섯 냥의 위력은 그보다 훨씬 컸다.

그 상황에서도 진운상은 소옥군이 뒤에 서 있기에 망정이지 그녀가 만약 지금 자신이 짓고 있는 표정을 봤으면 오만정이 다 떨어져서 도망갔을 것이라는 생각이 들었다.

그나저나 큰일이다. 가진 돈을 다 털어봐도 은자 다섯 냥뿐인데 음식값이 열다섯 냥이나 나왔으니 도저히 해결할 방법이 없었다.

'아… 어떻게 하지? 돈을 못 내고 있으면 천궁 소저가 왜 그러냐고 물을 텐데…….'

그가 속을 숯덩이처럼 새카맣게 태우며 전전긍긍하고 있을 때 회계대의 주인이 뭔가를 내밀었다.

"거스름돈 여기에 있습니다."

"에?"

"아까 친구 분께서 나가면서 계산을 하셨는데 금화를 내시고는 거스름돈을 받지 않으셨습니다요."

"아……."

그 순간 진운상의 머릿속에서 여러 가지 생각이, 그리고 가슴에서도 갖가지 심정이 복잡하게 교차했다.

그러나 다음 순간 머리와 가슴의 모든 생각과 감정들이 하나로 일치되었다.

'고… 맙소, 유 형.'

진운상은 주인이 내주는 거스름돈 은자 서른다섯 냥을 받아 쥔 손을 힘껏 움켜잡으며 내심 뜨겁게 외쳤다.

소옥군은 고개를 돌려 시선을 주루의 입구에 쳐져 있는 주렴으로 던졌다.

그녀의 입가에 봄바람처럼 부드러운 미소가 떠올랐다.

"나는 걸어서 가겠어요."

소옥군은 뜻을 굽히지 않았다.

기개세가 구해온 말이 두 필이고 사람은 세 명이라서 누군가 한 사람은 걸을 수밖에 없는 상황이다.

그렇다고 커다란 체구의 기개세와 진운상이 말 한 필에 함께 타는 것은 먼 길을 가야 하는데 말이 쉽게 지칠 것이므로 그다지 현명하지 않은 방법이고, 또 남들 보기에도 좋지 않았다.

방법은 소옥군이 기개세나 진운상 둘 중에 한 사람과 말을 함께 타는 것인데, 그녀가 고집을 굽히지 않고 걸어가겠다고 하는 것이다.

"그러지 말고 유 형과 함께 타고 가십시오, 천궁 소저."

진운상이 잠자코 서 있는 기개세를 가리키며 설득했다.

이관교가 아무리 작은 마을이라고는 하지만 말을 두 필밖에 구할 수 없었다는 사실이 이상하다고 소옥군은 생각했다.

하지만 자신이 직접 마을을 돌면서 일일이 확인할 수도 없는 노릇이었다.

세상 경험이 별로 없는 그녀가 생각하기에도 이것은 기개세가 꾸민 일 같았다.

즉, 기개세는 자신의 말에 그녀가 함께 타고 가기를 원하고 있는 것이다.

그런데 진작부터 자신의 말에 함께 타고 가자고 설레발을 피워야 마땅할 기개세가 웬일인지 얌전하게 있었다.

이럴 때는 그저 잠자코 있어야 한다는 사실을 잘 알고 있기 때문이다.

진운상은 말을 두 필밖에 살 수 없었다는 기개세의 말을 곧이곧대로 믿었다.

그는 자신의 말에 소옥군이 함께 타고 가는 것은 언감생심 꿈도 꾸지 않았다.

만약 그랬다가는 말을 타고 가는 중에 제정신을 차리지 못해서 낙마를 하고 말 것이 분명했다.

조금 전에 진운상이 주루에서 받은 거스름돈을 기개세에게 돌려주며 진심으로 고맙다는 말을 하자, 그는 무슨 소리냐고, 자신은 절대 그런 적이 없다면서 펄쩍 뛰며 손사래를 치며 받지 않는 것이었다.

기개세가 워낙 강경하게 부인을 해서 결국 거스름돈을 돌려주지 못했지만 진운상은 그가 왜 그러는지 알 수 있을 것 같았다.

하지만 지금 소옥군에게 기개세의 말을 타고 가라고 종용하는 것은 그에게 도움을 받았기 때문이 아니다. 그저 순수한 마음의 발로일 뿐이다. 최소한 그는 그렇게 생각했다.

"그럼 이렇게 하지."

그때 침묵하고 있던 기개세가 이윽고 입을 열었다.

소옥군은 그를 바라보며 '드디어 흑심을 드러내는군' 이라는 묘한 눈빛을 띠었다.

기개세는 말의 엉덩이를 가볍게 두드리며 담담하게 말했다.

"군아가 이 말을 타. 내가 걸어갈 테니까."

그의 자비심은 이글거리는 태양보다 더 찬란하게 빛났다.

다각, 다각, 다각!

족히 오십여 리는 온 것 같다.

한여름 오후의 작열하는 태양열은 그야말로 대지를 이글이글 불태우고 있었다.

드넓은 초원 지대는 햇빛을 가려줄 나무 그늘조차 없다.

"헉헉헉……."

그런 초원을 오십여 리나 달렸으니 기개세는 숨이 턱까지 찼고 온몸에서 비 오듯이 흘린 땀으로 옷이 흠뻑 젖어서 물이 뚝뚝 떨어졌다.

걷고 있는 기개세하고 보조를 맞춘답시고 두 필의 말이 최대한 천천히 걷고는 있으나, 어디 말의 보폭과 사람 보폭이 같겠는가?

말이 한 걸음 걸으면 기개세는 서너 걸음은 걸어야 하므로 달리지 않을 수가 없다.

　그런데도 말에 탄 소옥군은 출발하자마자 등에 메고 있는 바랑에서 양산(凉傘)을 꺼내 햇빛을 가리고는 마상에 꼿꼿하게 앉은 채 한 번도 기개세를 돌아보지 않았다.

　다만 진운상만 안쓰럽고 초조한 표정으로 연신 기개세를 뒤돌아볼 뿐이다.

　'헉헉헉! 아이고, 예쁜 것. 어쩌면 뒤태가 저리도 고울까? 아이고, 죽겠다. 헉헉!'

　기개세는 소옥군을 미워하지 않기 위해서 속으로 그렇게 필사적으로 중얼거렸다.

　아량이 무한정 넓은 진정한 사내처럼 자신의 말을 선뜻 양보하면 소옥군이 사양하면서 결국은 기개세와 함께 타고 가게 될 것이라 예상했다.

　그런데 그녀가 '그럼 그럴까요?' 하며 달랑 한마디만 남기고 말에 탈 줄이야 누가 짐작이라도 했겠는가.

　기개세는 쓰러지기 직전의 상황까지 이르렀다. 더위를 먹어서 하늘이 노랗게 보이고 눈앞이 가물가물했으며 금방이라도 고꾸라질 것처럼 힘이 없었다.

　어디라도 쓰러져서 길게 눕고 싶지만 소옥군에게 약한 모습을 보이고 싶지 않았다. 그런 마지막 자존심마저 무너져 버리면 정말 비참할 것 같았다.

　그 지독한 상황에서 기개세는 한 가지 사실을 깨달았다.

　'나 정말 군아를 좋아하나 봐.'

다른 여자였다면 이런 말도 안 되는 상황은 어림 반 푼어치
도 없는 일이다.

아니, 아예 이런 일 따윈 시작조차 하지 않았을 것이다.

그런데도 그는 소옥군에게 말을 양보한 것을 후회하지도
않고, 그녀가 마상에 도도하게 앉아서 한 번도 뒤돌아보지 않
는데도 조금도 밉지도 화나지도 않았다.

오히려 소옥군이 이런 땡볕 아래를 걸었다면 정말 큰일 날
뻔했으며, 자신이 걷기를 잘했다는 생각까지 들었다.

그가 알고 있는 자신의 성격이라면 이건 말도 안 된다.

그러므로 결론은 딱 하나다.

'나는 정말 군아를 무지하게 좋아하는 것 같아.'

풀썩!

그리고는 그대로 앞으로 고꾸라져 정신을 잃고 말았다.

"유 소협, 정신이 들어요?"

천상의 선녀처럼 아름다운 목소리가 정말 천상에서 들려
오는 것처럼 아련하게 기개세의 귓전을 자늑자늑 흔들었다.

'군아다!'

기개세는 비몽사몽간에도 그것이 소옥군의 목소리라는 것
을 단번에 알아차렸다.

그러나 눈을 뜨려고 애를 쓰는데도 떠지지 않았다. 손을 들
어 올리는 것은커녕 말을 하려고 하는데 입술만 벙긋거릴 뿐

한마디도 새어 나오지 않았다.

'왜… 이런 거야?'

"유 소협, 정신을 차렸으면 눈을 떠봐요."

아름다운 목소리가 다시 들렸는데, 이번에는 그 목소리에 안타까움이 짙게 배어 있는 것이 느껴졌다.

기개세는 반가움에 자신이 살아 있다는 사실을 알리려고 시도했으나 여전히 눈꺼풀만 바르르 떨리고 메말라 터진 입술만 미미하게 달싹거릴 뿐이다.

"됐어요. 애쓰지 말아요."

기개세가 살아났다는 사실을 알게 된 소옥군은 부드러운 손으로 그의 뺨을 쓰다듬으며 속삭였다.

'군아.'

소옥군이 내 뺨을 쓰다듬다니! 기개세는 생사기로를 오가면서도 더없는 희열을 느꼈다.

톡!

그때 뭔가 차가운 물체가 기개세의 뺨에 떨어졌다. 그는 그것이 물이라는 것을 즉시 알아차렸다.

'누… 눈물!'

순간 그는 심장이 오그라들 정도로 놀랐다. 틀림없이 소옥군이 눈물을 흘리고 있는 것이다.

투둑!

눈물은 두어 방울 더 떨어졌다가 기개세의 뺨을 타고 귓가로 주르르 흘러내렸다.

　'군아…….'

　발가락 끝에서부터 머리카락 끝까지 거센 전율이 태풍처럼 휩쓸었다.

　그러나 단지 그것뿐, 아무것도 할 수 없는 것은 여전했다.

　소옥군은 자신의 매정함을 자책했다. 그리고 또 기개세에게 말로 표현할 수 없는 미안함 때문에 눈물을 흘렸다.

　기개세는 선의에서 말을 양보했던 것인데, 그녀는 그것을 의심하여 악의로써 되갚은 것이다.

　배은망덕이란 달리 있는 것이 아니다. 바로 그녀가 한 행동이 배은망덕이 아니고 무엇이란 말인가.

　편안한 말 위에 앉아서 양산을 쓰고 가는 그녀는 뙤약볕 아래에서 오십여 리나 쉬지 않고 달려야 하는 것이 얼마나 혹독한 일인 줄 기개세가 쓰러지고 나서야 비로소 깨달았다.

　내가 편하면 남이 고통스러운 줄 모른다더니 그녀가 딱 그 짝이었다.

　그런데도 그녀는 기개세가 처음에 쓰러졌을 때 그가 또 무슨 수작을 부리는 줄 알았다.

　놀란 진운상이 급히 기개세의 진맥을 짚어보고는 더없이 착잡한 표정으로 생명이 위독하다고 말했을 때에도 그녀는 그 말을 믿지 않았다. 그만큼 기개세에게 당한 것이 많았기 때문이다.

소옥군은 기개세의 진맥을 자신이 직접 짚어보고, 그래서 그의 맥이 거의 잡히지 않을 정도이며, 호흡도, 심장 박동도 끊어지기 직전이라는 사실을 확인하고서야 자신이 얼마나 그에게 냉혹했고 또 어리석었는지를 뼈저리게 깨달았다.

기개세는 뙤약볕 아래에서 장시간 달리다가 갈병(暍病:일사병)에 걸린 것이다.

예로부터 운예문 사람들은 의술에 조예가 깊어서 의가(醫家)로도 명성을 날렸으며, 상시 무료로 의방(醫房)을 열어두어 항주성 일대에서 큰 존경을 받고 있었다.

운예문 소문주인 소옥군이 의술의 높은 경지에 이르렀음은 두말할 것도 없는 주지의 사실.

그런 그녀가 지금 같은 한여름 뙤약볕 아래에서 기개세를 오십여 리나 달리게 했으며 그 원인이 자신에게 있음을 깨달았으니 자책감이야 어찌 말로 다할 수 있으랴.

더할 수 없는 죄스러움과 미안함에 눈물을 뚝뚝 흘린 그녀는 마음을 냉정히 가라앉히고 주위를 둘러보았다.

물을 구하러 간 진운상은 여전히 돌아올 기미조차 보이지 않는다.

출발할 때 어째서 물을 챙기지 않은 것인지 자기 자신이 원망스럽기 짝이 없다.

가다 보면 주루나 다루가 나오겠지 하고 안이하게 생각했는데, 인가 한 채 없는 끝없는 초원이 펼쳐져 있을 줄이야 아무도 몰랐다.

그녀는 눈물을 닦고 다시 한 번 기개세의 맥을 짚어보면서 갈병의 치료법에 대해서 생각해 보았다.

맥박은 여전히 흐릿하고 또 불규칙했다. 그렇지만 매우 빨랐다. 바로 그것이 갈병의 특징이다.

갈병은 무더운 뙤약볕 아래에 장시간 노출되어 있었거나 심하게 활동을 했을 경우에 발생하며 대체적으로 탈수 증세가 동반된다.

증상은 급격한 충격 상태로 인한 혼절로 이어지며 심하면 죽을 수도 있다. 그녀가 보기에 지금 기개세는 심각한 상태가 분명했다.

가장 시급한 치료법으로는 병자를 즉시 서늘한 장소로 옮기고, 옷을 벗겨서 체온을 내려주며, 되도록 많은 양의 물을 마시게 해주는 것이다.

소옥군은 진운상이 물을 구하러 가자마자 기개세를 무성한 풀밭 아래에 눕히고는 양산을 펼쳐서 씌워주었다.

그렇지만 아직 옷을 벗기는 것과 물을 먹여주지 못했다.

물은 아직 구하지 못한 탓이고, 옷을 벗기는 것은 갑작스럽게 벌어진 일이라서 정신을 차리지 못했기 때문이다.

소옥군은 양산을 어깨에 걸치고 서둘러서 기개세의 옷을 벗기기 시작하더니 오래지 않아서 속곳 하나만 걸친 알몸을 만들어놓았다.

물론 소옥군은 이날까지 십칠 년을 살아오면서 남자의 옷을 벗기는 것은커녕 알몸을 본 일조차 없다.

그러므로 기개세의 옷을 벗기는 것이 어찌 낯뜨겁지 않겠는가마는, 그보다는 생명을 구하는 일이 더 중요하기에 망설이지 않았다.

기개세의 몸은 구릿빛으로 적당하게 탔으며 마른 듯한 체구이면서도 어깨와 가슴은 근육이 잘 발달되어 울퉁불퉁했고, 잘록한 허리, 그리고 배에는 선명한 임금 왕(王) 자가 뚜렷하게 새겨져 있었다.

그는 상체에 비해서 하체가 유난히 길었으며 허벅지와 장딴지 역시 단단한 근육질이다.

문득 소옥군의 시선이 커다란 나뭇잎만 한 속곳으로 가려져 있는 사타구니로 향했다.

만약 그 속곳 안에 작은 솥이라도 하나 감춰놓은 것처럼 커다랗게 부풀어 있는 모습이 아니었다면 그녀는 결코 눈길조차 주지 않았을 것이다.

호기심이 아니다. 지금은 기개세가 생사의 갈림길에 놓여 있는 상황인데, 만약 그녀가 염려하고 있는 것처럼 저 속곳 속에 있는 무언가가 그에게 악영향이라도 미치고 있는 것이라면 장차 천추의 한이 될 것이다.

그러므로 반드시 확인을 해봐야만 한다. 지금 그녀는 여자가 아니라 의원의 입장이지 않은가.

사르락.

소옥군은 조심스럽게 손을 뻗어 손가락으로 속곳의 옆 부분을 살짝 들어 올리고 고개를 숙여 안을 들여다보았다.

그녀의 짐작대로라면 짓궂은 기개세는 속곳 속에 무언가를 감추고 있는 것이 분명했다. 그렇지 않고는 저토록 크게 부풀어 있을 리가 없다.

기개세의 허벅지에 뺨을 거의 밀착하다시피 한 그녀는 커다란 눈을 깜빡거렸다.

'저게 뭐지?

속곳 안에는 시커멓고 무성한 숲 속에 뭔가 굵직한 것이 똬리를 튼 채 머리가 소옥군 쪽으로 향해 있었다.

그때 그 똬리를 틀고 있는 것과 소옥군의 눈이 정면으로 마주쳤다.

그 당시의 그녀는 그 반들반들한 머리에 있는 것이 틀림없이 눈이라고 확신했다.

털썩!

"에그머니!"

순간 그녀는 너무 놀라서 그 자리에 주저앉으며 엉덩방아를 찧고 말았다.

대경실색으로 얼굴이 창백해진 그녀의 입술 사이로 단말마적인 한마디가 튀어나왔다.

"뱀!"

순간 그녀는 한 가지 사실을 깨달았다. 기개세를 풀더미 속에 눕혔을 때 어느새 뱀이 그의 몸속으로 기어들어 가서 물어 버린 것이다.

어쩐지 무공으로 단련된 사람이 일사병 정도로 너무 오랫동안 깨어나지 못하는 것이 이상하다고 생각했는데 이제 보니 뱀에게 물렸던 것이다.

앞뒤 가릴 것이 따로 있다. 지금은 기개세의 생명을 구하는 것이 무엇보다 중요할 터.

소옥군의 섬섬옥수가 민첩하게 속곳 속으로 스며들어 가 뱀이라고 확신하는 물체의 대가리를 잔뜩 부여잡고는 있는 힘껏 잡아당겼다.

쭈우.

그러나 뱀은 쉽사리 나오지 않았다. 그래서 소옥군은 더욱 더 힘껏 잡아당겼다.

그녀가 조금만 더 신경을 썼더라면, 자신이 뱀과 씨름을 하고 있는 동안에 기개세의 입에서 부글부글 흰 거품이 뿜어지고 있다는 사실을 발견할 수 있었을 것이다.

잠시 후, 드넓은 초원 한가운데에서 가련한 소녀의 처절한 비명 소리가 터져 나왔다.

"꺄아악!"

기개세는 다시 정신을 잃었다.

혼미한 상태였기 때문에 정확히 어떤 고통인지는 잘 모르겠지만, 온몸의 뿌리가 뽑히는 듯한 무지막지한 고통이었다는 것을 마지막으로 기억했다.

그랬다가 어떤 달콤한 느낌에 다시 정신을 차렸다.

'이것은 군아의 혀?'

물을 구하러 간 진운상을 기다리다 못해서 소옥군이 임시 방편으로 생각해 낸 것이 자신의 침이라도 기개세에게 먹이자는 것이었다.

원래 의술에서 침, 즉 타액(唾液)은 어느 약보다도 뛰어난 효능을 지닌 상급의 약재로 취급한다.

의학에서의 타액은 곧 정(精)이고 또 웬만한 독소쯤은 바르는 것만으로 치유시켜 주는 해독제로 통한다.

기개세가 극단의 탈수 증세를 보이고 있어서 당장 한 모금의 물이 필요한 이 상황에서, 약간의 타액이라도 복용하게 한다면 큰 효과를 볼 수 있을 것이라는 게 소옥군의 현명한 생각이었다.

그녀의 그런 살신성인적인 행동은 그녀가 기개세의 속곳 속에 똬리를 틀고 있는 뱀을 뽑아내려고 했던 실수에 대한 보상 차원은 절대 아니다.

그리고 과연 그녀의 판단은 탁월했다. 그녀의 타액이 기개세의 입을 통해 흘러듦으로써 기사회생의 물꼬를 텄다고 할 수 있다.

소옥군은 양산을 어깨에 걸치고 허리와 고개를 잔뜩 굽힌 상태에서 두 손으로 기개세의 뺨을 감싼 채 입술을 포개고 있는 상태다.

될 수 있는 대로 많은 침을 주기 위해서, 그리고 목구멍 안으로 확실하게 흘려 넣어주기 위해 입술을 오래 밀착하면서 혀를 입 안 깊숙이까지 밀어 넣었다.

그러다 보니까 자연스럽게 두 사람의 혀가 하나처럼 엉킬 수밖에 없게 되었다.

기개세는 혼미한 상태에서도 기분이 좋아지는 것을 느꼈다.

그러나 일각 정도 지나자 다시 정신이 가물가물해지기 시작했다.

맥을 짚어본 소옥군은 상태가 약간 호전되었다가 다시 악화되는 것을 감지했다.

그녀의 침은 기개세가 깊은 나락으로 추락하는 것을 간신히 붙잡아두는 역할을 했을 뿐이다.

하지만 그것은 매우 중요하고 또 시기적절했다. 만약 침을 넣어주지 않았다면 기개세는 심각한 상태에 처했을 것이다.

갈병은 서늘한 장소와 물만 있으면 치료가 간단한 병이지만, 그 간단한 것이 없을 경우엔 치명적이 되고 만다.

"진 소협—!"

그녀는 일어나서 주위를 둘러보면서 안타깝게 큰 소리로 외쳐 봤으나 진운상의 모습도 그의 대답도 들려오지 않았다.

지금 기개세를 소생시킬 수 있는 길은 오직 물을 마시게 하는 방법뿐이다.

원래는 소금물을 마시게 하면 더욱 좋지만 그것까지 바랄 수 있는 처지가 아니다.

그에게 침을 주느라 소옥군의 입 안은 가뭄의 논바닥처럼 메마른 상태가 되었다.

'아… 어쩌면 좋아.'

허벅지까지 자란 긴 풀더미 속에서 온몸을 늘어뜨린 채 점차 죽어가고 있는 기개세를 굽어보며 소옥군은 발을 동동 굴렀다.

"아!"

그러다가 퍼뜩 생각나는 한 가지가 있었다.

소옥군의 아름다운 얼굴에 복잡한 갈등의 기색이 떠올랐다.

그러나 갈등은 오래가지 않았다.

기개세는 죽어가고 있었던 모양이다. 아무런 생각도 나지 않았고 그저 모든 것이 캄캄한 암흑뿐이었다.

그저 막연하게 이대로 죽는구나 하는 느낌이 흐릿한 의식

속을 둥둥 떠다니고 있었다.

바로 그때 그는 정신이 번쩍 들었다.

갑자기 입을 통해서 더할 수 없이 맛있는 액체가 콸콸 쏟아
져 들어왔기 때문이다.

第二十二章
낙성검가의 부활

“으……．”

기개세는 낮은 신음을 흘리면서 눈을 떴다.

가장 먼저 눈에 들어온 것이 그를 말끄러미 내려다보고 있는 소옥군의 얼굴이다.

“군아……．”

“깨어났군요.”

소옥군의 얼굴에 환한 기쁨과 안도의 표정이 교차되어 물결처럼 번지면서 후두두 눈물이 떨어진다.

“왜 울어?”

혼절한 이후의 일들이 거의 기억나지 않는 기개세는 의아한 얼굴로 물었다.

"유 형, 소생해서 정말 다행이오."

소옥군은 기개세가 누워 있는 침상 가장자리에 걸터앉아서 울기만 하고, 그 옆에 서 있는 진운상이 감격에 겨워 말하다가 끝내는 목이 메었다.

"나… 그때 땡볕 아래에서 혼절했었던 것인가?"

기개세는 눈을 껌뻑거리면서 기억을 더듬는 표정을 지었다.

"불초가 잘못했소, 유 형. 불초 때문에 유 형이 죽을 뻔했소. 용서하시오."

진운상은 기개세가 깨어난 기쁨과 죄스러움이 범벅되어 주먹으로 눈두덩을 문지르며 낮게 울었다.

울면서 그는 자신이 이날까지 한 번도 울어본 적이 없는데, 기개세를 만난 이후 연이어 두 번씩이나 울고 있는 사실을 깨달았다.

그러나 어쨌든 상관없는 일이다. 감정이 복받치면 울 수밖에 없는 것이다.

그는 이날까지 소림사에서 감정을 억제하고 모든 것을 이성적으로 생각, 판단하는 엄격한 수양법을 배웠으나 기개세를 만난 이후부터는 억눌려 있던 감정이 되살아났다.

기개세는 이성하고는 거리가 먼 사람이다. 그는 감정과 감상으로 똘똘 뭉쳐진 사람이다.

“천궁 소저가 유 형을 살렸소. 불초는 물을 구하러 갔다가 너무 늦게 돌아왔소.”

반드시 물을 구해야만 했던 진운상은 물을 찾아 산지사방을 돌아다녔었다.

시간이 자꾸 흘러가자 속이 바짝바짝 탔으나 물 없이 빈손으로 돌아갈 수는 없었다.

“천궁 소저가 아니었으면 유 형은 죽었을 것이오. 만약 그랬으면 불초는 죽을 때까지 크나큰 죄업을 안은 채 살아가야만 했을 것이오.”

여전히 소옥군은 울기만 할 뿐 아무 말도 하지 않았다.

기개세는 물끄러미 소옥군을 바라보았다. 고개를 숙인 채 그를 바라보며 하염없이 눈물을 흘리는 그녀의 모습은 뭐라고 형언할 길 없이 아름다웠다. 그리고 성결했다.

“그래, 기억나.”

그러자 소옥군이 가볍게 놀라는 표정을 지었다.

“무엇이… 기억나죠?”

기개세는 기억을 되살리려고 애쓰면서 더듬거렸다.

“입술.”

소옥군의 얼굴이 살짝 붉어졌다.

하지만 진운상은 무슨 말인지 알지 못했다.

기개세는 눈동자를 굴리며 골똘히 생각했다.

“그리고…….”

“그리고 뭐죠?”

“꿀처럼… 아니… 감로수처럼… 아냐… 하여튼 뭐라고 설명할 수 없을 정도로 달콤하고 시원한 물을 마셨어.”

소옥군의 얼굴이 능금처럼 붉어졌다.

“군아, 그게 뭐였지?”

“그냥 물이었어요.”

“그냥 물맛이 아니었던 것 같은데?”

“아마 그처럼 절박한 상황에서 마신 물이라서 그렇게 느꼈을 거예요.”

“그래도 아닌 것 같은데…….”

“일어날 수 있겠어요?”

소옥군이 슬쩍 화제를 바꿨다.

“어디…….”

기개세가 일어나려고 상체를 움쩍거리자 소옥군이 부축을 해주었다.

“으으… 안 되겠어. 온몸에 힘이 없어.”

기개세는 안색이 해쓱해지고 땀을 뻘뻘 흘리면서 도로 누워버렸다.

“고마워, 군아.”

기개세는 감사 어린 얼굴로 그녀를 바라보았다.

“그러지 말아요. 소녀는…….”

소옥군은 말끝을 흐렸다. 기개세가 팔을 뻗어서 그녀의 엉덩이를 슬슬 쓰다듬고 있었기 때문이다.

남자란 문지방 넘을 기력만 있어도 여자를 밝힌다더니 기개세가 바로 그랬다.

"아… 군아가 아니었으면 나는 지금쯤 귀신이 되어 구천을 떠돌고 있을 거야."

기개세는 표정과 입으로는 진심을 나타내면서도 손으로는 부지런히 소옥군의 엉덩이를 쓰다듬었다.

"그러지 말아요."

소옥군이 눈을 내리깔고 조용히 말했다.

그녀의 앞쪽에 서 있기 때문에 기개세가 그녀의 엉덩이를 쓰다듬는 광경을 보지 못한 진운상은 가볍게 놀란 표정을 지었다.

"고마워서 그러는 거야. 너무 고마워서."

그런데도 기개세는 오도깝스럽게 입으로는 나불거리면서 오히려 손은 슬며시 소옥군의 궁둥이 쪽으로 내려갔다.

"흐윽!"

그러나 그는 다음 순간 누워 있던 자세 그대로 허공으로 붕 떠올랐다가 방 저쪽 구석에 무지막지하게 나뒹굴었다.

쿠당탕!

"꾸엑!"

소옥군이 그를 가볍게 집어던진 것이다.

"유 형!"

나가떨어진 사람은 기개세인데 진운상이 더 처절한 비명을 지르며 그에게 달려가 부축을 했다.

광화현에서 배를 타기 전에 새로 사서 입었던 옷으로 갈아입혀진 기개세는 진운상의 부축을 받으면서 일어나며 소옥군에게 볼멘 표정을 지었다.

"난 환자야."

소옥군은 그를 쳐다보지도 않은 채 침상 가에 꼿꼿하게 앉아서 예의 단아한 표정을 짓고 있었다.

진운상도 가세했다.

"천궁 소저, 너무 심하신 것 아닙니까? 유 형은 우리 때문에 그런 고초를 겪었다고 해도 과언이 아니잖습니까?"

그의 말에 힘입은 기개세는 더욱 애처로운 표정을 지었다.

그러나 소옥군은 흔들리지 않았다.

"사람에겐 사람의 예의를, 짐승에겐 짐승에 어울리는 대접을 해줄 따름이에요."

"짐승이라니, 그럼 유 형이 짐승이란 말입니까?"

진운상의 목소리가 커졌다. 그는 마음속으로 소옥군을 연모하기 시작했으나, 그것과 이것은 다르다고 생각했다. 그는 옳고 그름을, 공과 사를 정확하게 구분할 줄 아는 흔치 않은 사람이다.

소옥군은 한마디 하려고 기개세를 바라보다가 흠칫 놀라는 표정을 지었다.

진운상의 부축을 받아 침상으로 걸어오던 기개세가 몹시 고통스러운 표정을 지으면서 금방이라도 쓰러질 듯 비틀거리는 것을 발견한 것이다.

기개세는 사타구니를 움켜잡은 채 눈물을 흘릴 듯한 얼굴로 신음을 토했다.

"으으… 누가 내 물건을 억지로 잡아 뽑으려 한 게 틀림없어. 그렇지 않고는 이렇게 아플 리가… 허거걱!"

소옥군은 얼굴이 새빨개져서 자신도 모르게 기개세의 사타구니로 눈길을 주었다.

그리고는 그 속에 커다란 뱀 한 마리가 똬리를 틀고 있던 광경과 자신이 그것을 죽어라고 잡아 뽑았던 일을 떠올리고는 고개를 푹 숙이고 말았다.

그녀의 귓가에 기개세의 씩씩거리는 소리가 들렸다.

"으으으… 너무 아파서 죽을 것 같아. 누구 의술 아는 사람 없나? 나 좀 치료해 줘."

치료를 원하던 기개세의 희망은 그저 희망으로 끝나고 그는 다시 침상에 눕혀졌다.

"몸조리 잘하시오, 유 형."

침상 가에 선 진운상이 기개세의 손을 굳게 잡으며 진심으로 당부했다.

그 옆에 서 있는 소옥군은 다른 곳을 보고 있으며, 기개세에겐 조금도 관심이 없는 듯했다.

원래 초원에서 소옥군이 기개세에게 신비한 물을 마시게 하고도 한 시진이나 지나서야 숨이 턱에 찬 진운상이 물을 구해왔었다.

만약 진운상이 물을 가져오기를 기다리고 있었다면 기개세는 죽고 말았을 것이다.

어쨌든 두 사람은 기개세에게 신선한 물을 충분히 마시게 한 후 그를 데리고 이곳 서협구 마을로 와서 객잔의 방을 잡아 그를 눕혔던 것이다.

기개세는 낙성검가를 출발하기 전에 서협구에서 하여상 등을 만나기로 약속했었다.

만약 성한 몸이었으면 약속 따윈 잊어버리고 소옥군, 진운상과 함께 곧장 쭐레쭐레 낙양성으로 향했을 것이다.

기개세는 두 사람과 헤어지는 것이 섭섭했으나 자신을 위해서 곁에 있어달라고 붙잡지는 않았다.

소옥군은 모르겠지만, 진운상은 웬만하면 기개세 곁에 있어주고 싶었다.

하지만 낙양성에서 소림사의 장로를 만나기로 약속이 되어 있는 상황인데다, 기개세의 가족이 언제 서협구에 도착할지 기약할 수 없는 상황이라서 떠나야만 했다.

"그런데… 군아."

문득 기개세가 소옥군을 올려다보았다.

그러나 소옥군은 여전히 다른 곳을 바라보고 있을 뿐이다.
그에게 맺힌 것이 많은 모양이다.

기개세의 얼굴에 궁금해서 죽겠다는 표정이 떠올랐다.

"내게 먹인 그 물이 뭐였어? 너무 궁금해."

소옥군의 몸이 가볍게 움찔했다. 그러나 그녀는 곧 찬바람
이 일도록 방문 쪽으로 걸어갔다.

"대정숙에서 봐요."

기개세는 길고 흰 치마를 입은 소옥군의 엉덩이가 살랑살
랑 좌우로 움직이는 것에서 시선을 떼지 못했다.

'정말 예쁘다니까.'

그래서 진운상이 뭐라고 작별 인사를 하는지도 귀에 들어
오지 않았다.

*   *   *

이곳은 강호에서 혈룡궁(血龍宮)이라고 부르는 방파의 내
전 깊숙한 곳이다.

무림의 십오만 마도를 이끌고 있는 아홉 개의 방파를 마도
오세(魔道五勢)라고 하는데, 혈룡궁은 그중 하나다.

내전 단상의 태사의에는 혈룡궁주가 꼿꼿한 자세로 앉아
있고, 좌우에는 혈룡궁의 실세인 혈룡십마제(血龍十魔帝)가
다섯 명씩 두 줄로 늘어서 있다.

단하에는 세 명이 혈룡궁주를 향해 무릎을 꿇고 이마를 바닥에 댄 자세를 취하고 있다. 한 명은 앞에, 두 명이 뒤에 나란히 무릎을 꿇은 모습이다.

중년인 정도로 보이는 혈의 장삼의 혈룡궁주는 형형한 안광을 뿜어내며 단하에 무릎 꿇은 자들을 굽어보았다.

"여태까지 한 말이 사실이렷다."

단하 앞쪽에 무릎을 꿇은 인물, 즉 귀도방(鬼刀幫)의 방주는 더없이 공손한, 그러나 떨리는 목소리로 아뢰었다.

"제 수하들이 겪었던 바를 소상히……."

"사실이냐고 물었다."

"사… 사실입니다."

귀도방주는 부르르 몸을 떨며 이마를 바닥에 문질렀다.

그의 뒤에 무릎을 꿇은 두 명은 얼마 전에 기개세를 공격했던 두 명의 마도고수다.

그들은 원래 귀도방 수하로 임무를 마치고 귀환하는 도중에 기개세와 그가 지니고 있는 절대신검을 우연히 발견했다.

기개세를 제압할 수 있는 절호의 기회가 소옥군과 진운상의 출현으로 무산되는 바람에 어쩔 수 없이 귀도방으로 돌아와 그 사실을 귀도방주에게 보고했다.

그리고 귀도방주는 그 즉시 자신이 속해 있는 혈룡궁의 궁주에게 달려와 그 사실을 낱낱이 보고한 것이다.

"음, 그자가 낙성검가의 사신검법을 사용하더라고?"

“그렇습니다.”

혈룡궁주가 혼잣말처럼 중얼거렸으나 귀도방주는 즉각 대답했다.

무림에서 혈룡태마제(血龍太魔帝)라고 불리는 혈룡궁주는 잠시 손으로 이마를 짚고 깊은 생각에 잠겼다.

수하의 보고는 사실일 것이다. 하루살이 같은 것들이 감히 혈룡태마제를 상대로 허튼수작을 부리지는 않을 터이다.

절대신검의 출현은 천검신문의 부활을 뜻하는 것이다.

현재 마도는 암중에서 어마어마한 천하대계(天下大計)를 추진 중이다.

그런 상황에 천검신문의 출현은 엄청난 충격일 수밖에 없다.

이윽고 혈룡태마제는 생각을 끝내고 깊이 가라앉은 목소리로 명령을 내렸다.

“그자를 찾아라.”

그 한마디면 충분하다.

좌우에 늘어선 혈룡십마제가 일제히 허리를 굽혔다.

“존명!”

슥―

혈룡태마제는 태사의에서 일어섰다.

“사세좌(四勢座)를 만나야겠다.”

마도오세의 다른 네 명을 가리키는 것이다.

　　　　　*　　　　*　　　　*

　낙양성 남문인 장하문(長夏門) 밖 낙수(洛水) 강가에는 마치 황도(皇都)의 자금성을 그대로 옮겨놓은 듯한 어마어마한 대전각 군이 자리를 잡고 있다.

　바로 모든 정파인들의 희망이고 목표인 대정숙이다.

　대정숙의 커다란 전문은 굳게 닫혀 있으며 그 앞에는 가로로 넓은 관도가 지나가고 있다.

　올해로 대정숙이 생겨난 지 백오십칠 년. 대정숙은 낙양의 명소로도 소문이 나서 연일 많은 여행객들이 몰려들어 관도는 물론 대정숙 주변은 수많은 사람들로 연일 북새통을 이루고 있었다.

　그 덕분에 대정숙 앞 관도 맞은편에는 수많은 주루와 다루, 기루까지 들어서 성업 중이다.

　어느 주루 앞에 나란히 선 이남 이녀가 웅장한 대정숙을 바라보면서 감회 어린 표정을 짓고 있었다.

　그들은 다름 아닌 기개세와 하여상, 유석, 유정이다.

　기개세는 서협구에서 하여상 가족을 만나 합류하여 이틀 만에 낙양성에 당도했고, 그 길로 곧장 대정숙으로 직행을 한 것이다.

네 사람의 표정은 각양각색이었으나 한 가지만은 같았다.

각오. 바로 그것이다.

기개세 좌우에는 하여상과 유정이 서 있었는데, 그녀들은 너무 긴장한 나머지 두 팔로 기개세의 팔을 가슴에 꼭 끌어안은 채 대정숙을 주시하고 있었다.

잔뜩 토라진 유정은 서협구에서 이곳까지 오는 동안 의식적으로 기개세와 한마디 말도 하지 않았으나, 대정숙을 보는 순간 그런 사실을 까맣게 망각하고 말았다.

기개세의 얼굴에는 가득 투지가 불타오르고 있었다.

대정숙 입교라는 것을 처음에는 장난처럼 생각했는데, 지금은 기필코 수료하고야 말 지상과제가 되고 말았다.

그는 두 눈에 힘을 주어 대정숙의 육중한 전문을 쏘아보면서 속으로 중얼거렸다.

'기다려라, 대정숙. 나 기개세가 곧 접수하마.'

대정숙은 입교할 생도들을 일 년에 열두 번, 매월 초하루에 선발한다.

칠월의 마지막 날도 닷새 남았다. 그것은 대정숙 생도 선발일이 닷새 남았다는 뜻이다.

기개세는 유석과 둘이서 낙양성 내를 사뭇 돌아다니면서 낙성검가의 새로운 보금자리를 찾느라 사흘째 허비하고 있는 중이었다.

유석은 매물로 나온 장원 중에 몇 곳을 마음에 들어 했으나 기개세는 마뜩찮은 얼굴로 손사래를 치고는 계속 다리품을 팔며 돌아다녔다.

유석이 마음에 들어 하는 장원들은 다들 광화현의 낙성검가 정도거나 그보다 약간 큰 규모였다.

그렇다고 해도 시골구석인 광화현하고는 달리 집값이 스무 배 이상이나 비쌌다.

예로부터 하남성을 중원이라 하고, 낙양은 그 한복판인데 집값인들 어찌 비싸지 않겠는가.

"형, 여기 어때?"

사흘째 늦은 오후 무렵에 기개세가 어느 장원 앞에 멈춰 서서 이리저리 살펴보더니 불쑥 유석에게 말했다.

"영아……."

유석은 입을 딱 벌리고 기겁을 하더니 더 이상 볼 것도 없다는 듯 기개세의 팔을 잡아끌었다.

"이 장원은 너무 분에 넘친다. 어서 다른 곳에 가보자."

그도 그럴 것이, 지금 보고 있는 장원은 지금까지 유석이 골랐던 장원보다 대여섯 배는 더 규모가 컸기 때문이다.

"형, 분에 넘치는 게 뭐야?"

기개세는 발을 구르며 짐짓 꾸짖는 표정을 지었다.

"이런 장원에 살고 있다고 뭐 배꼽에 금테라도 둘렀을 것 같아? 아마 배운 것은 우리보다 훨씬 못할 거야."

그리고는 정색을 하고 물었다.

"분에 넘치고 자시고를 따지지 말고 마음에 드느냐 안 드느냐만 말해봐."

장원은 높은 담에 둘러쳐져 있어서 안이 보이지 않지만 담의 길이만으로도 유석을 압도했다.

유석은 정직하고 곧이곧대로인 사람이다. 그는 기개세의 말에 따라 조심스럽게 장원을 살피다가 이윽고 억눌린 듯한 목소리로 말했다.

"이런 곳에서 살 수 있다면야 더할 수 없이 좋겠지만 우리 형편에 어디……."

"그래? 그렇다면 형, 이리 와봐. 우리 들어가 보자."

"여, 영아."

기개세가 기세 좋게 전문으로 성큼성큼 걸어가자 유석은 기겁을 하여 달려와 다시 팔을 붙잡았다.

"영아, 이 장원은 매물로 내놓지도 않았잖느냐. 그리고 어머니께서 말씀하기시를 금화 천 냥 이내의 장원을 구하라고 하셨다."

탕탕탕!

기개세는 이미 전문을 두드리면서 느긋하게 설명했다.

"장원을 팔지 안 팔지는 주인을 직접 만나서 물어보면 알 것이고, 나는 금화 천 냥짜리 판잣집에서는 살지 못하니까 그렇게 알아."

"영아, 하여튼 일단 오늘은 숙소로 돌아가자꾸나. 어머니
와 상의를 해보는 것이 좋겠다."

유석이 말리는데도 기개세는 막무가내로 전문을 다시 세
게 두드렸다.

그긍!

그때 묵직한 소리와 함께 전문이 열렸다.

"무슨 일이오?"

"주인 좀 봅시다."

하인인 듯한 자가 묻자 기개세는 다짜고짜 안으로 들어가
며 내뱉었다.

"얼마면 이 장원을 팔겠소?"

탁자에 주인과 마주 앉은 기개세는 거두절미하고 본론으
로 들어갔다.

"무슨… 말이오?"

"나는 이 장원이 마음에 들어서 꼭 사고 싶소."

"허허헛! 그러나 이 장원은 팔지 않소. 보다시피 사람이 살
고 있지 않소?"

자상하고 후덕해 보이는 초로의 주인은 무슨 말이냐는 듯
껄껄 웃으며 손사래를 쳤다.

"하나 내겠소."

기개세가 손가락 하나를 폈다.

“하나가 무엇이오?”

“금화 일만 냥이오.”

“……”

기개세가 부른 가격은 시가의 두 배다. 주인이 어이없는 표정을 짓는 것은 당연하다.

기개세가 낙양에 와서 제일 먼저 한 일은 갖고 있는 보석 중에서 두 개를 처분한 것이다. 그것으로 그는 단번에 금화 오만 육천 냥을 수중에 넣었다.

척!

“대진전장(大振錢莊)의 금화 일만 냥짜리 환표(換票)요. 확인해 보시오.”

기개세는 품속에서 붉은색의 종이쪽지 하나를 꺼내 탁자에 내려놓았다.

낙양성 내에서 가장 규모가 크고 신용도가 높은 곳이 대진전장이다.

이 장원 주인도 이따금 대진전장과 거래를 하고 있으므로 그곳에서 발행한 환표가 현금이나 다름이 없다는 것을 잘 알고 있었다.

어린것이 무슨 헛소리냐는 듯한 표정으로 무심코 전표를 보던 주인의 눈이 커다랗게 떠지고 얼굴 가득 놀라움이 떠올랐다. 대진전장의 환표가 분명했다.

주인이 놀라거나 말거나 기개세는 고삐를 늦추지 않고 계속 치고 나갔다.

"오늘 당장 집을 비워준다면 금화 천 냥을 더 내겠소."

탁!

이어서 탁자에 놓인 금화 일만 냥짜리 붉은색 환표 옆에 누런색 환표를 하나 더 내려놓았다.

경악한 표정인 주인의 눈동자가 나란히 놓인 두 장의 환표 사이를 왔다 갔다 하느라 눈에서 불이 날 지경이다.

그러나 주인보다 더 놀란 사람은 기개세 옆에 앉아 있는 유석이다.

그는 눈과 입을 크게 벌린 채 기개세와 환표, 그리고 주인의 얼굴을 번갈아 쳐다보느라 여념이 없다.

기개세는 팔짱을 끼고 느긋하게 상체를 뒤로 젖히면서 마지막 쐐기를 박는 것을 잊지 않았다.

"우리가 좀 바빠서 말이오. 다른 장원에도 가봐야 하니까 일각 안에 결정해 주셨으면 하오."

하지만 기개세와 유석은 일각까지 기다릴 필요가 없었다.

"파, 팔겠소!"

주인이 환표에서 눈을 떼지 못한 채 숨을 몰아쉬며 급히 외친 것이다.

금화 일만 냥이면 이 장원보다 더 크고 훌륭한 장원을 살 수 있다.

아니, 그냥 이 정도 장원으로 이사를 가고 나머지 금화 육

천 냥으로는 무엇을 할까? 주인은 행복한 고민으로 머리에서 쥐가 날 지경이었다.

기개세는 어떠냐는 듯한 표정으로 힐끗 유석을 쳐다보았다.

유석은 얼굴 가득 경악지색을 떠올린 채 꿈을 꾸는 듯 몽연한 표정이다.

기개세는 유석의 어깨를 툭 쳤다.

"형, 주인하고 문서 작성해."

"으… 응?"

그래도 유석은 정신을 차리지 못하고 넋 나간 얼굴로 기개세를 쳐다보았다.

"뭐 해? 집을 샀으면 문서를 작성해야지."

"아… 그렇지."

문서를 작성하고 난 후에 기개세와 유석은 주인의 안내를 받아 장원 곳곳을 구경했다.

원래는 집을 구경한 후에 마음에 들면 계약을 하는 것이 상식인데 기개세는 거꾸로 해치웠다.

그런데 밖에서 장원의 담벼락만 구경했을 때하고는 천양지차다. 앞쪽만 봐서 그렇지 전체적으로 규모가 훨씬 크고 또 장원의 전각 전체가 남향이라서 겨울에도 햇빛이 잘 들 것 같았다.

전각은 스물다섯 채고 모두 컸으며 건축한 지가 그리 오래 되지 않은 듯했다.

또한 후원에 별채가 두 채 있으며, 작지만 아담한 인공 연못 하나와 연못 복판의 풍치있는 누각 하나, 전각 스물다섯 채 중에서 열다섯 채 앞에는 정원이 하나씩 조성되었고, 후원 뒤편에는 아담하지만 무성한 숲도 있었다. 또한 널따란 마당도 세 군데나 됐다.

구경을 마친 기개세는 대충 마음에 든 표정인 데 반해서 유석은 얼굴이 붉어졌으며 뚱한 표정이었다.

이윽고 전문을 나선 후 기개세가 의아한 표정으로 유석에게 물었다.

"왜 그래? 형은 마음에 안 들어?"

슥—

유석은 뜨거운 물속에 열흘 정도 푹 담가둔 듯한 퉁퉁한 얼굴로 기개세를 쳐다보았다.

"영아, 너 그렇게 큰돈이 어디에서 생긴 거지?"

"난 또. 사부님께서 주신 거야."

기개세는 태연히 대답했다.

"사부? 너에게 사부가 계셨어?"

유석에게 거짓말하고 싶지 않아서 내뱉은 말인데 그는 뜻밖이라는 표정을 지었다.

"응. 돈이 무지하게 많은 사부야. 자세한 것은 알려고 하지

마. 말할 것도 별로 없으니까."

"그렇구나."

"그런데 왜 퉁퉁 부은 얼굴이야? 장원이 마음에 안 들어?"

유석은 가만히 있다가 갑자기 싱글벙글하는 얼굴로 기개세에게 달려들어 얼싸안았다.

"너무 좋아서 그러지! 어이구, 우리 복덩이!"

그는 기개세 얼굴에 자신의 얼굴을 비비고 또 뺨에 마구 입을 맞추면서 그제야 참고 참았던 기쁨을 표현했다.

『대사부』 제3권에 계속…

눈매 퓨전 판타지 소설

가면의 레온

중원을 공포로 떨게 만든 희대의 악마, 혈마존.
그의 영혼이 기억을 잃은 채 차원 이동을 한다.

한 소년과 몸이 바뀐 후 깨어난 혈마존.
기억은 지워지고 싸가지없는 본성만 남았다!
욱할 때마다 튀어나오는 살벌한 말투와 그의 독자 무공.

'아, 나는 왜 이렇게 성격이 더러운가?
어째서 이리도 잔인한 기술을 알고 있는 것인가? 착하게 살고 싶다.'

살인광이었던 그가 전혀 어울리지 않는 대신관이 되기로 결심한다.
하지만 그 본성이 어디 가나……

"이런 빌어 처먹을 놈들, 신전에서 봉사 활동 안 할래?"

임준욱 장편 소설

무적자

WITHOUT MERCY

그의 이름은 임화평(林和平)이다.
이름처럼 살기를 소망했고 그렇게 살아왔다.
그를 건드리지 말았어야 했다.
조용히 살게 놔두었어야 했다.

"너희들 실수한 거야.
내 세상의 중심,
내 평안의 근거를 깨뜨린 거다.
세상 전부와도 바꿀 수 없는……
알게 해주마, 너희들이 누구를 건드린 건지."

그의 고독한 여정이 시작되었다.

―오, 바라타족의 아들이여. 언제든지 정의가 무너지고 정의가 아닌 것이
판을 치는 때가 되면 나는 곧 나 자신을 나타내느니라.
올바른 자를 보호하기 위하여, 악한 자를 멸하기 위하여, 그리하여 정의를
다시 세우기 위하여, 나는 시대에서 시대로 태어난다.

〈바가바드기타 중에서〉

유행이 아닌 자유추구 ―
WWW. chungeoram.com
Book Publishing CHUNGEORAM

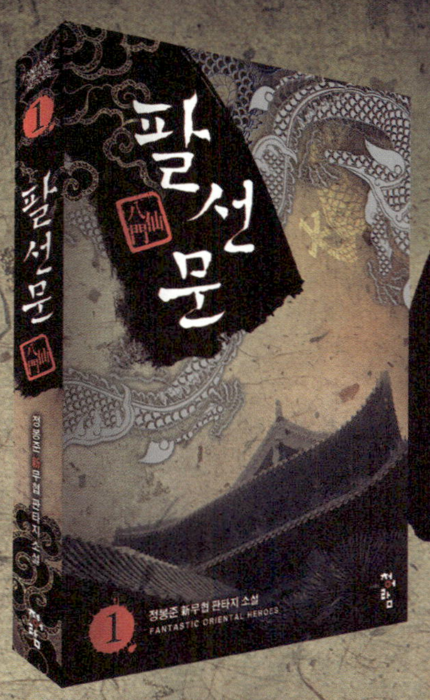

정봉준 新무협 판타지 소설

『철산전기』의 작가 정봉준!!!
팔선문을 통해 또 다른 유쾌함을 선사한다!!

뛰어난 자질을 갖춘 팔선문의 대제자 유검호,
그의 치명적인 단점은 게으름과 의지박약!

천하제일마두의 기행에 재수없이 동참하게 된 의지박약아.
갖은 고생 끝에 가까스로 고향으로 돌아오다.

"무림? 그딴 건 개나 주라 그래. 나만 안 건드리면 돼!"

시간을 가르는 그의 행보에 무림이 뒤집어진다!!!

사람들이 인식하는 상식의 세계 이면,
짙은 어둠이 드리워진 그곳에 사는 괴물들이 있다.

문명이 드리운 그림자 속에서, 전투기계들과
인간의 사념으로부터 태어난 마물들이 격돌한다.
마법과 주술이 난무하는 초현실적인 전장,
소년은 그곳에 서는 대가로 인생을 잃었다.
운명의 노예가 되어 가족과 인성을 잃어버린 소년, 진유현.

총염(銃炎)과 검광(劍光)이 뒤얽히는
어둠의 거리에서, 운명의 족쇄를 끊고 나온
소년의 눈이 살의를 발한다.

Book Publishing CHUNGEORAM